·文学新观赏·青少年读写范典丛书·

丛 林 狼

杨崇德｜著

花山文艺出版社

图书在版编目(CIP)数据

丛林狼 / 杨崇德著. —石家庄 : 花山文艺出版社, 2013.6(2021.6 重印)

(“读·品·悟”文学新观赏·青少年读写范典丛书)

ISBN 978-7-5511-1024-2

Ⅰ.①丛… Ⅱ.①杨… Ⅲ.①小小说—小说集—中国—当代 Ⅳ.①I247.8

中国版本图书馆 CIP 数据核字(2013)第 111879 号

丛 书 名：文学新观赏·青少年读写范典丛书
主　　编：高长梅　王培静
书　　名：丛 林 狼
作　　者：杨崇德

策　　划：张采鑫
责任编辑：董　舸
责任校对：齐　欣
特约编辑：李文生
全案设计：北京九洲鼎图书有限公司
出版发行：花山文艺出版社(邮政编码:050061)
(河北省石家庄市友谊北大街 330 号)
销售热线：0311-88643221
传　　真：0311-88643234
印　　刷：永清县晔盛亚胶印有限公司
经　　销：新华书店
开　　本：710×1000　1/16
字　　数：160 千字
印　　张：11
版　　次：2013 年 7 月第 1 版
2021 年 6 月第 2 次印刷
书　　号：ISBN 978-7-5511-1024-2
定　　价：36.00 元

读，是为了更好地写

高长梅

阅读的目的是长见识，是提升自己的文化素养。这是“读”的基本意义。

很多时候，我们的阅读也无任何的目的，就是为了消遣，为了解闷，为了打发时光。其实，这是“读”的另一种境界。

但对学生乃至爱好写作的人而言，“读”还是为了“写”，即人们常说的“读写结合”。这，却是大有讲究的。

“读什么”，“怎么读”，“读”如何促进“写”，这个问题困扰人们少说也有两千多年了。外国不言，单说我国自《诗经》始，《四书五经》到《千家诗》、《古文观止》、《唐诗三百首》，哪一个的“读”不涉及后人的“写”？“熟读唐诗三百首，不会作诗也会吟”就说明了“读”和“写”的朴素关系。

“读”于“写”的第一点，当是语言的积累。对绝大多数人而言，“会说”也“能说”几乎是与生俱来的，但这些不一定就是我们写作的语言。即使你“会说”、“能说”，但不一定能准确表述你的想法，你的所见所闻；尤其是不一定能用丰富的、生动的、形象的语言或简洁的、凝练的、科学的语言来描述人或事物或观点。写作当如建房，没有各式各样的语料积累，其结果可想而知。巧妇难为无米之炊，再牛的能工巧匠没有基本的建筑材料他也盖不起房子来。但语言积累，不是简单的语言记忆，要内化为自己的，要在自己的胸中发酵，要让它带上自己的思想、情感。这样，在写作运用时，就不会是简单的模仿甚至抄袭。即使是原句引用，也会与你的文章融为一体，恰到好处。初学写作者，常常苦恼自己词汇少，不能准确表述自己的思想;或苦恼自己写得干巴巴的,没血没肉;或苦恼自己虽写得字通句顺,却不像别人写的那样摇曳多姿;等等。多积累语言,是根治这种“疾病”的唯一药方。因此,我们在“读”时,就要看别人是怎么用字、怎么用词、怎么用句……来描写、叙述、来情、议论的。

“读”于“写”的第二点,当是技巧的化用。“我手写我心”,看似简单轻松,看似随意,但正如建房,砖头、瓦块、木料等都摆在了你的面前,却不是任何人都建得了房的,你得有建房的技能。写作也是一样,你得掌握一定的技巧。人物怎么描写,事件怎么叙述,情感如何抒发,道理如何论证,等等,你得掌握其基本的方法,然后才能“心到手到”,写出一篇像样的文章。我们要像建房者,先做“小工”,看人家是如何砌墙、如何粉刷的;然后做“匠人”,亲自实践,在模仿中掌握其方法,逐渐为我所用;“匠人”做多了,熟练了,就成了“师傅”。“师傅”一级,技巧娴熟,房建得漂亮。而用心的“师傅”爱钻研,爱琢磨,结合他人的方法创造出更好的新方法,他就成了“建筑师”。写作同理。我们不少阅读者,语言的积累比较重视,但琢磨人家写作技巧的不多,所以文学爱好者不少,但成为作家的就少多了,原因大概与这有一定的关系。因此,我们在“读”时,就要看别人是如何选择材料、如何谋篇布局、如何安排结构、如何运用表达方式、如何布置情节……看他们如何安排重点、如何把人物写活、件、如何条分缕析丝丝入扣、如何巧妙起承转合……

“读”于“写”的第三点,当是思想的融合。有了语言的积累,也掌握了一定的技巧,文章也写得是这么一回事了。但你的文章仅仅止于此,那也不过如同一栋能住人的房子而已。一篇文章品质的高低,除了语言的准确、生动、丰富、优美、灵动……除了构思的奇巧、结构的多元、情节的波澜、布局的精妙、手法的多变……是否有思想就显得格外重要。我们常说,这篇文章语言优美,构思巧妙,但立意不高。我们还常说,这篇文章不仅语言优美,构思巧妙,而且立意高,有思想。一篇仅靠语言打扮的文章,就好比一个俗人涂脂抹粉；一篇仅靠卖弄技巧和语言的文章，就像一个没有灵魂的美人卖弄风骚而已。语言可以记忆，技巧可以模仿，但思想要靠领悟，要融入作品之中去反复地阅读，要从深层次去寻找作者的精神。有的人的文章写得很美，技巧也妙，但就是没有深度，没有思想，没有灵魂，没有底蕴，往往就事论事，往往只是当复印机，复制了场景，复制了人物，复制了事件，但都是没有活力，没有生气，没有精神的。在阅读中提升自己的思想，的确常被我们忽视。思想靠别人的潜移默化来，精神也靠别人的影响而来。我们常听说在阅读中提升了自己，净化了自己，受了一次洗礼似的教育，等等，大约就是指这些吧。所以，我们在“读”时要琢磨别人是如何通过人物的描写表现人物的思想、精神，琢磨别人如何通过将一般人眼中的小事、凡事写出其社会价值，琢磨别人如何从一滴露珠看出太阳的光芒……如何选择语言材料最准确、最鲜明地表达出思想内容而非干巴巴贴标签，如何通过景、人、物悟出其蕴含的道理而非故弄玄虚牵强附会……

“读”于“写”的第四点，当是情感的交融。文章当有情，无论你是否抒了情，情就不自觉地流出了你的笔端。阅读中，我们除汲取作者的语言养料、技巧养料、思想养料外，还要品味、感受作者的“情”。与作者同悲，与作者人物同喜，置于作者笔下的优美环境而赏心悦目，等等。这就是受作者之“情”的“滋润”。文章是否感人，除了语言、思想外，有无“真情”很重要。朱自清的《背影》靠的是“情”的打动，鲁迅的《记念刘和珍君》这篇“血写的文章”其实靠的也是“情”的喷发。一篇只有华丽的语言而无思想的文章犹如没有灵魂的躯壳；一篇即使有非凡高度思想而无情感的文章也不过是一具可能具有文物考古价值的木乃伊。但“情”在文中的宣泄如何把握，这也是我们在阅读中要学习的。这也是我们常犯的错误。写作中我们或无病呻吟虚假瘆人，或情溢滥觞叫人发腻。让“情”如何恰到好处，非向好文章学习不可。这样，我们在“读”时，就要仔细琢磨别人是如何选择写作语言表达出作者的喜怒哀乐之情，如何传递作者人物的喜悦、哀思、忧怨、恋情，或深、或浅、或缠绵、或热烈，或似小溪的舒缓、或似大海的波涛、或似斗室之花的温柔、或似山野之花的奔放……看作者如何褒贬对象，看作者如何措辞达意致情，看作者如何巧借人、事、景、物以寄寓情感……

“读”于“写”的第五点，当是风格的鉴赏。所谓风格，它是一个作家成熟的标志，是作者在文章（文学作品）中表现出来的艺术特色和创作个性。我们鉴赏其风格，主要是学习他如何创造和完善文章（作品）的风格，也就是看作者在处理题材、驾驭体裁、描写形象、表现手法、运用语言等方面各有什么特色，最终形成了怎样的风格。这些风格，最后成了一个作家个性化的标志。当然，这是“读”的高要求了。琢磨多了，实践多了，很多写作者也形成了类似的风格，便也融入了原作者的风格之中，也就形成了“派”。比如“荷花淀派”、“山药蛋派”、“读者体”、“知音体”，等等。当然，也不能简单模仿，也要适时变化，否则当年散文必“杨朔式”、小说必“欧·亨利式”的文学闹剧就会重演。

习作者若能此，写出好文章就有可能了。

弄明白了这些，还有一个重要的问题是选择什么样的读物。读名著，当然好。但很多名著由于作者所生活的时代不同，社会环境不同，或阅读者的阅历不够，文化积累不够，不一定读得懂，更不用说借鉴于自己的写作了。

基于此，我们推出了这套《文学新观赏·青少年读写范典丛书》。这些作品，不是名著，但是属于好作品；没写重大题材，但大都真实反映了社会生活的变迁，人们精神面貌的焕然一新；没有高深莫测的技巧，但或平实、或奇巧、或清新可人、或浓郁奔放，更适合青少年读者学习、借鉴。

目录

第一辑　丛林狼

第二辑　失语症

第三辑　真实的谎言

第四辑　运算法则

第五辑 季节人生

第六辑 和平的勇气

第七辑 严重失控

第八辑　沉甸甸的节日

第九辑　寻找父亲

第 一 辑

丛 林 狼

我爷 / 梅娘 / 儿子 / 传统教育 /
高等教育 / 丛林狼 / 富贵之子

我 爷

我爷未成我爷之前，是湘西匪王“龙卷风”手下的一员战将。

匪王“龙卷风”姓龙名洪彪，铜岭人氏，1938年给铜岭财主易有财看牛，牛被摔死，惹了大祸，出逃后，拉帮结派，上山为伍，纵横铜岭。先是杀死铜岭财主易有财，后将易有财的三个妾捆上山来，封为压寨夫人。龙洪彪每到一处，当地财主闻风丧胆，拱手奉上些银两，算是买个性命。龙洪彪自然不肯放过，马叶子刀一横，大吼：要么全家死光光，要么就倾家荡产！财主们往往选择了后者。因此，凡是龙洪彪走过的地方，财主们都会变成穷光蛋。因为龙洪彪对财主们的家财毫不客气，一扫而光，如龙卷风，便得了个外号“龙卷风”。

不过，“龙卷风”也有他自己的个性：不抢穷人，不抢故人。一次，“龙卷风”带领五十多个弟兄，路过青州村，村里百姓正围在一丘水田外，呼的呼，喊的喊。“龙卷风”扒开人群，只见两头大水牛，挺在水田中央鏖战，牛角掰牛角，红眼对红眼。“龙卷风”立即下令：快给我把牛拉开！部下一时无音，个个在想：偌大的两头水牛，正斗得发狂，莫说去劝，就是去看，也得留个神，弄不好就会被牛踩死。此时，一年轻部下手执一根碗口粗的长木棒，走进水田，惊得围观者倒退三丈。年轻部下将木棒往牛角上一栅，用力一搬，一头牛便倒在水田里，另一头惊得鼓着红眼对视了一番，接下来，便呼呼地往外逃窜。

围观的人群一个个惊得发怔。

年轻部下的胆量和智慧深得“龙卷风”赏识。不出两天，“龙卷风”便把那位年轻部下提为副官，权力仅在自己之下，领导百来号人，七十多把刀，四十多杆枪。

那个年轻部下便是后来的我爷。

我爷真正成为我爷，是在鸡公坡劫事以后。

那天，一名手下慌忙禀报：山下发现花轿一顶，许是婚事一桩，要不要下手？

“龙卷风”大悦，摩拳擦掌之时，却被压寨夫人来了几耳光，打乱了“龙卷风”脑海里的计划。“龙卷风”摸着脸，瞟了一眼副官。副官心领神会，带领几十号人冲下山来，一阵吆喝，山下那行人一见势，丢了花轿，拔腿就逃。部下将花轿严严实实围了好几层。副官小心走近花轿，掀开摭帘，里面坐了个如花似玉的妹子。妹子一巴掌扇过来，被副官紧紧握住，动弹不得。副官命令部下暂且上山去，自个儿则抱了妹子往树林深处钻。

妹子拼命挣扎，可是不得解脱。妹子大骂：土匪！魔王！

副官任其打，任其骂，拉开裤头，像个老虎，骚动在林间。

从此，副官便成了我爷。那妹子也便是我奶。

我爷要我奶跟着上山。我奶不肯，说，要我上山，除非一死。

我爷便派人送我奶回到赤毛冲，并放了狠话：谁敢动我的女人，全家死光光！

之后，我爷便在山上继续做他的副官，我奶则在赤毛冲的娘家做她的未婚媳妇。我爷经常下山到我奶身边去。日子长了，我奶就软了心。我奶说，我已经怀娃子了，你就下山吧。我爷说，真的要我下山？当初不是不肯吗？我奶说，你这个死鬼，我这辈子栽到你手里了，你是土匪，为娃子的以后着想，你就不能洗手不干吗？我爷说，你懂个卵，人在黑道，身不由己。我爷每次上山时都要对我奶说，你给我好好养着，把娃儿生出来！

1949 年，解放军开进湘西。我爷东躲西藏。一个雾蒙蒙的天，我奶捧着大肚子上山找我爷，说：快下山吧，解放军还能宽大处理哩。你要为我肚子里的娃娃着想，将来我可不希望他背什么黑锅。我爷听了，一言不发，最后摸了摸我奶的大肚子，派人将我奶强行送回赤毛冲。

八月的一天，我爷和“龙卷风”带着二百多号人躲进老鸦沟。我爷暗暗对部下五柱、雷石等人说：你们回去吧，政府还会给你们一条生路。

不料，我爷这话被五柱传到“龙卷风”耳朵里，“龙卷风”把桌子拍得当当响，咬着牙根说：反了，狗日的毛胡子要反了！

依照“龙卷风”的吩咐，一天夜里，五柱到我爷住的地方说龙爷子叫他去一趟，有要事相商。我爷刚跨进“龙卷风”屋里的门槛，就被几个人按倒在地。

次日，“龙卷风”召集两百多个弟兄，将我爷推到一个小山头上，大声骂道：谁敢反老子，就要他人头落地！

说完，“龙卷风”给我爷倒上一碗酒，说：有话快快讲，否则，就没机会了。

我爷用嘴巴咬住碗口，脖子一仰，满脸酒水，然后又将头一甩，酒碗横飞出去。

我爷说：兄弟们，为了后代，快快下山，还来得——及……

我爷还没把“及”字说得明白，头已落地。

那时，我爹离出生还有一百多天。

因了我爷的功德，我爹后来被划为中农。

梅　娘

1945年，仲夏。卧龙镇，马桥。

知了有气无力地催促着夕阳西下，马桥下的黄泥水稀里哗啦地流着，像是病人在呻吟。知了声流水声的极度撮合，把战后的卧龙镇装扮得异常凄凉。是的，就在昨晚，鬼子在卧龙镇的驻点被捣得烂如瓦窑。“窑”里那十多个作恶多端的鬼子成了镇民手中的刀下之鬼。

这本是卧龙镇值得庆幸的事，梅娘心里却很沉。“黄哥，安心去吧！宝儿，安心去吧！”梅娘两眼发直，口里反复念着，不知不觉上了马桥。马桥那边的山头上埋着黄哥和宝儿。梅娘永远不会忘记：三年前，一伙黄衣人手持刀枪，带着几个身穿和服、头绾发髻的女人和几条高大凶猛的黄黑狗进了镇，占了镇里的祠堂。黄哥胆大，找那些西呀西呀的人说理，挨了一枪。宝儿也是在枪响后的一个时辰被砍的。那天，梅娘失去了家中仅有的两个男人。从那天起，卧龙镇就被搞得人心惶惶。

微风吹拂着梅娘的头发，心中的刀刀创伤犹如额上纵横交错的纹。

梅娘两眼发直，口里反复叨唠着那两句说不出是恨是悲是忧的话，双脚在马桥上挪动。

马桥那边走过来一个头发披散的女人。梅娘认识，那是祠堂里住着的哪个黄兵头儿的婆娘。往日里，那个女人发髻盘着。昨晚的毁窑事件，只留下了几个女人，她就是其中一个。尽管是仲夏，那女人身上仍裹着布包，微风吹摆着她乱糟糟的头发。虽然在卧龙镇生活了三年多，但女人走路的姿态仍若从前：双手束在腰间，小步子疾迈。

马桥是座木桥。风吹，雨淋，日晒，桥中间的木板腐了大半。人走在桥上，叽呀叽呀地叫。乱发女人走着走着，便听到了念叨声，抬头而望，见梅娘，脸刷白。三年前的那一天，她亲眼看到自己的夫君佐藤一郎用枪毙了一个男人，也亲眼看到面前的梅娘守着那具死尸哭得死去活来。梅娘视而不见，两个女人相对而行，步调不一，马桥的叫声趋大。

知了伏在树上歇气。桥下黄泥水在流，桥上木板在叫。微风变大，很放肆地吹拂着两个女人的头发，两个女人的距离在靠近。

梅娘两眼发直，念念有词。女人痴痴望着梅娘，小步而行。就在两人擦身而过时，女人“扑通”一声跪在梅娘脚尖前，头磕马桥，口念“对不起，对不起！”梅娘立了不到一分钟，绕道而过，身后仍有女人轻微的道歉声。片刻，这种声音息了。梅娘听到“嚓——”的抽刀声。梅娘转了身，奔过来，朝那女人踢起一脚。女人翻倒在马桥上，右手握一把小刀。梅娘夺过女人手中的刀，捏了捏，朝桥下扔去。黄泥水中顿时添了一声重重的响。梅娘扶起女人，甩去一耳光，骂道：“这个时候想寻死，没骨气！”说完，转身朝桥那头移去。

卧龙镇人看到：马桥上，走下来一位梅娘，后面还跟了个穿和服的日本女人……

儿 子

三弟满娃从桌子底下捏了个酒瓶，给三位大哥又斟上满满的一大杯。

外面的雨下得有点疲惫了。

四兄弟的脸也喝得露了些激情。

三弟满娃说：“大哥，来来来！吃吃吃！不瞒三位大哥，小弟这两年虽没有你们的‘麻老五’（钱）多，但吃几只鸡，几条鱼，还是有的。”

二哥猪娃一口咬掉了半个鸡头，说：“哎——一样，一样，我这几年天天和猪打交道，不知往冻肉厂送了多少头猪，虽不像大哥那样钱多，但猪身上的东西想吃啥就吃啥，想哪天吃就哪天吃。”

大哥牛娃咧出一口黑黄牙在笑，说：“我算什么，天天驾着那辆螳螂车跑东跑西，虽说腰包里有几个，那也是辛苦钱呀，哪有二弟快活！”

二弟狗娃正在用竹签剔牙齿，一双粟米眼通过那副平镜，对着三位满面红光的兄弟扫了扫，说："嗨！知道你们都有几个洋子（钱），其实，我这个预制板厂厂长，当然啰，现在很多人都叫我经理，身上的洋子原先倒也有几个，但总是不经用。知道吗？现在上城里的酒馆喝餐酒，不打几个小费，是没有人给你斟酒的，小费打得多，斟酒的就勤，说不定还会和你来个小交杯大交杯怎么的。唉！有时，十顿酒的钱，还没有一顿酒的小费多！"

三弟满娃就问："那是不是喝'花酒'？"

狗娃笑而不答。几个兄弟就哈哈哈地大笑起来。

隔壁的老屋，走进来一个年近古稀的老者，卸了肩上的那张弯犁，摘下头上那只斗笠，脱了身上那架蓑衣，一双红生生的泥脚踏进了只有两个人生火的灶房。一只大麻花鸡正在灶房里洗"灰澡"。这里，曾是老婆以及四个儿子生火做饭的地方。如今，四个儿子都有了老婆，都一个个分灶吃饭，只剩下他和老婆两人，将耕种而来的东西在这里转化为可口的食物。老婆上女儿家去了，因此，鸡就敢在他的灶房里放肆。

老者顺手抓了一只破鞋，往灶坑甩去，打得那只洗"灰澡"的大麻花鸡"咯大咯、咯大咯咯"地飞叫。大花麻鸡惊叫地飞到屋梁上，然后再翻飞下去，落到了隔壁满儿子的酒桌上，把四个兄弟的酒桌，搞得碗倒汤流，杯倒酒泻，锋利的鸡爪，还抓伤了大儿子牛娃那张脸……

传统教育

那个年代，老爷子家不算富有，但老子是老爷子一根独苗，老爷子宁可不吃不穿，宁可让几个女娃光了屁股，也要送老子念书。

老子人在学堂心在外，任凭先生的教鞭打破手掌也不知一二。

老子这么混了几年，老爷子就不行了。临终时，老爷子将比他个儿还高的老子叫到床前，只说了句“儿啊，用心念书哪”便魂归西天。

本来，就当时的家境，老子的书是可以念上一年半载的。但老子没了老爷子，就变得愈加放肆，打了先生不说，还要戏弄女生。这样，老子就只能在家继承老爷子留下的那份微薄家产。

十年过去，老子膝下儿女成群。老子成了这个家庭的主梁。日出而作，日落而息。

儿子是老子唯一的传人。老子当儿子为掌上明珠。儿子被老子早早送进了一所离家较远的学校。儿子没有把这所学校当成他的乐园。老子前脚刚走，儿子前脚也跟了出去。儿子在校外的山坡上整日打鸟、爬树、摘野果。老师先是派学生把儿子从山里拖回来，罚他站讲台。儿子不在乎，一泡尿从裤裆里拉出来，湿了老师的备课纸。老师罚他晒太阳，眨眼工夫，儿子走得无影无踪。

老师把情况告诉老子。

老子大怒，扬起巴掌将儿子屁股拍得叭叭响。

儿子哭了，老子也莫名其妙地哭了。老子训着儿子：你老子拼死拼命在家里干活，送你进学校，你却这般无能！想当年，我念书时，每天只吃一顿苕粑，肚子饿得咕咕叫，冬天里从来都是打赤脚进学堂……现在你条件这么好，还不用心读书，看我打扁你。

儿子始终没能在老子的巴掌中醒过来。儿子依旧那般野。

当儿子不再野时，儿子已是个谈婚论嫁的人了。

儿子接过倒下去的老子所交给的那套犁耙，耕耘在老子耕耘的那片土地上。

当然，儿子也耕耘出了孙子。

孙子在儿子心中像个皇帝。孙子还没断奶，儿子就把孙子送进了幼儿班。

幼儿班里哭上一年，就到了小学，小学里再玩上六年，又到了初中。孙子这下不行了，孙子进不了初中。全乡几百号娃儿，孙子的分数最低。

儿子把孙子骂得全身发颤：你这个龟孙子，这么好的条件，你却当了个王八！你想想，我哪一餐饿过你？哪一天冻过你？啊？！老子读书的时候，早上要吹柴，中午要打猪草，傍晚还要放牛，哪像你现在这样无忧无愁待在学校里……记得有一年，你老子想买一支钢笔，在山里烧了一个寒假的木炭，最后木炭没卖成，还挨了你爷子一顿饱打……

孙子两眼湿湿的，像是为儿子的艰难处境所感染。

高等教育

该毕业的时候，六娃没有毕业。考学校什么也没捞着，又复读。到又该毕业的时候，六娃又没捞到什么高等学校，于是就回来务农。

身居乡间打着务农旗号的六娃，常常把头发梳得整齐发亮，穿着丝袜在院子中间或者在通向外界的村道上走来走去。昆叔的骂声从此也就改变了内容：别人说人越读书越聪明，我那鬼崽子越读书越愚蠢。

游手好闲的六娃在昆叔的百般教育中依然游手好闲，重活不干，好菜想吃，好衣想穿，好玩想去。

六娃长到胡子一周刮三次的时候，惹了两件祸事：一件是毒了明青爷家里那条大黄狗，企图拖出去卖钱，被明青爷当场抓获，害得昆叔说尽了好话，还赔了三百元钱；另一件是近来和邻村有名的"烂女"胡花混上了，气得六娃他娘晕死过去三次。

为了这根独苗能好端端地长着，昆叔动员了家族所有人员，上胡花家将那个不孝之子六娃捆了回来，并与胡花家人进行了严厉交涉：第一，不准胡花与六娃再次来往；第二，双方要好好管教自己的儿女。因为昆叔把第二条阐述得过于清楚，以至于激怒了胡花爹娘。胡花爹娘拍着手掌，跳起来骂昆叔：还是好好管教你那条蠢崽吧，不要像疯狗一样，四处乱窜。

可是，六娃还是六娃，好吃懒做，大祸不惹，小祸不断。爹娘的苦口婆心对六娃来说已经成了对牛弹琴。

几个月后的一天，昆叔和老婆备了很重的礼，来到“仇家”胡花家。任胡花家人恶语中伤百般冷落，昆叔夫妇就是不走。昆叔夫妇双双跪在胡花跟前，含泪苦求道：胡花，好妹子，你和我家六娃好，我们不反对，可你要知道，我们就这么一个儿，他天生不是孬种，只求你好好管教他……

仇家变成了亲家。

现在的六娃在胡花的全心教育下，已成为村里的首富。

村里的老人至今都在纳闷：这六娃子，那么多老师教育过他，他还是天皇老子都不怕，现在却偏偏怕了个胡花！

丛 林 狼

太阳从云层里躲躲闪闪地露出来，给克鲁镇幼稚园的窗台上投下了一抹软和鲜亮的光。

玛丽娅老师刚刚领着孩子们跳完一曲舞蹈。突然，幼稚园的门被重重地推开了。两个头部蒙着黑色丝袜的男人冲了进来。他们手里握着一把黑乎乎的长枪。

孩子们立刻傻了眼。

玛丽娅老师也傻了眼。

高个子男人说：“你们谁也别想从这里溜出去！”

一个胆小的女孩开始落泪，喉管里发出呜呜的叫声。矮个子男人走过去，瞪着那双可怕的蓝眼睛，对落泪女孩说：“不准哭！如果再哭，我就打死你！”

高个子男人把嘴贴在玛丽娅老师耳根旁，轻声地问：“哪一个是克鲁斯？”

玛丽娅老师定了定神，微笑着说：“丛林狼，你可不要装得太斯文了，你要知道，你现在已经是丛林狼了！”

高个子男人不明白玛丽娅老师在说什么。他把枪口对准玛丽娅老师的头，说：“什么丛林狼？你告诉我，克鲁斯在哪？”

几个孩子开始发抖。还有几个显然也想流泪了。

玛丽娅老师高兴地说：“孩子们，你们说，今天的丛林狼表现得到底怎么样？”

“还可以！”

“就是不够凶！”

矮个子男子举起枪对准孩子们。他说：“我们不是什么丛林狼，我们是来抓人的，我们是千真万确的大坏蛋！”

玛丽娅老师微笑着说：“孩子们，既然大坏蛋丛林狼先生已经来了，我们该怎么办呢？”

孩子们立刻手牵着手，欢快地唱起了《丛林狼》的进行曲。

高个子男人又用枪口顶了顶玛丽娅老师的脖子，说：“你快告诉他们，不要这样！不许牵手！不许唱歌！”

玛丽娅老师装着一副鬼脸说：“孩子们，你们看到了吗？丛林狼已经很棒了！”

“太完美了！”

“太可爱了！”

孩子们手拉着手兴高采烈地围着玛丽娅老师和两个持枪男人歌唱，还有几个调皮的正对他们做起了鬼脸。

矮个子男人说：“你们别过来！”

一个小女孩扭着她的腰在矮个子男人面前欢跳着。另一高个子女孩用手托起了矮个子男人的枪口，其他两个孩子一手搀着矮个子男人的两只胳膊，拖着他一起跳舞。矮个子男人被孩子们左三下右三下地牵动着，显得异常笨拙。

高个子男人怒气冲冲地对矮个子男人说："卡布，你这头蠢驴！你是怎么了？"

正说着，后面冲上来的两个女孩已经牵住了高个子男人和玛丽娅老师的手，他们欢快地跺着脚，一边歌唱，一边围着幼稚园中央打圈儿。

高个子男人企图挣开手，去扶他那把枪。玛丽娅老师说："你这只丛林狼，现在还不老实，孩子们，咱们给他一点爱心，好不好？"

"好！"

这时，一个小女孩站到了幼稚园中央，支开双腿，一个胖男孩伏在她面前，把头伸在女孩胯下，女孩把她的两只手交给胯下那个胖男孩，胖男孩慢慢直起身，站了起来。小女孩高高地骑在了胖男孩肩上。小女孩嘟着嘴，在高个子男人的额头上狠狠地亲了一下，然后又转到矮个子男人身边，对着他的额头，也狠狠地亲了一下。

大家齐声唱着：丛林狼，丛林狼，我们其实很爱你，只要你今天不再干坏事……

高个子男人一边用力甩着手，一边对那个矮个子男人怒骂。

玛丽娅老师对身边这位高个子男人说："孩子们，这只讨厌的丛林狼还在顽固，我们要不要为上帝出一口气？"

"要——"

一个瘦个子男孩猴一样地跳到了高个子男人背上，他用手死死捂住高个子男人的眼。孩子们一拥而上，将高个子男人放倒在地。孩子们扒开高个子男人那黑色的头套，拧他的鼻子，拧他的嘴巴……玛丽娅老师趁机转到幼稚园的左前方，用脚飞快地打开了对外的报警装置。

几分钟后，窗外出现一群警察。

玛丽娅老师说："孩子们，今天的'丛林狼'游戏是不是很精彩？"

孩子们齐声地说："精彩——"

玛丽娅老师说:“那好吧,我们现在就把这两只丛林狼交出去,警察先生正在外面等着呢!”

两个蒙面男人见窗外有警察在注视着他们,企图去摸枪。但他们的枪早已被孩子们给收走了。

两个蒙面男人顿时软了手脚。

孩子们把两只不听话的丛林狼交给门口的警察先生时,玛丽娅老师说:“孩子们,让我们以热烈的掌声欢送两位丛林狼,感谢他们的精彩参与!”

幼稚园里响起了热烈的掌声。

玛丽娅老师瘫倒在地上。

富贵之子

车轮似剪,把一个平坦的乡间大道剪得犹如破鸡肠子一般。男人左手稳住方向盘,右手熟练地从车台的烟盒里捣了一根烟,点上,“嗞——”的一口,股股青烟弥漫车窗。

这个世上,除了犯法的事以外,没有什么能难倒男人。男人把他的生意做得就像魔术师手里的道具,神奇而有魅力。可老天留给他的那个儿子,天生就是与他作对的:花钱如流水,老师小看他,同学讨厌他。

男人想到了最狠的一招:劳其身,苦其心。

暑假之初,男人把儿子送进了这个偏远的乡村。男人花钱让他儿子吃点苦。男人想改变儿子今后的命运。

青烟刺激了女人的鼻子。女人有节奏地咳嗽起来。女人闻惯了男人的烟味嘴,却闻不惯这讨厌的烟味。

车内无声。

秋季的田野,金灿灿的一片,似画,在车窗里游动。

阳光普照大地,把乡村的成熟和宁静,照得异常开阔而又宁静。

车轮在一个田间口停止了滚动。两双皮鞋从车身里伸出来,剥哚剥哚运行在通往村子的青石板上。

男人和他女人像撞进了印第安人部落,村口蚂蚁般地聚集起人来,流鼻涕的,缺门牙的,个个闪动着惊奇的眼神,也嵌了无限的友爱和崇敬。

男人和他女人提着很饱满的几大袋跨进主人家。

男人和他女人惊呆了:他们的儿子正躺在柚树下一个大木桶里养神(乡间杀年猪用的木盆),嘴里撇了根烟,男主人在为他洗澡,女主人在为他揉背……

男人甩掉手中的提物,奔过去,一掌扇在儿子脸上。

儿子睁开眼,哭喊道:爸——

张老板?年纪可以当他爹的男主人手里捏着手巾对男人说。

谁要你们对他这样?男人生气地说。

我——我们不这样,他——他就要去——

去什么?

去水库洗澡!那里刚淹死一个孩子……还有……

阳光穿越柚树的枝叶,洒在男人的脸上。男人望着天,大哭:天哪——

门前拥挤的人头,个个惊恐万状。

上了年纪的人都纳闷:这人听说是个很有钱的富翁,怎么会是这个样子,也晓得喊天……

第　二　辑

失　语　症

肖鸿伟的一天 / 杀猪 / 失语症 /
打狗 / 打工仔 / 担子 / 幸福的丧事

肖鸿伟的一天

[5:38] 初一男生肖鸿伟和同班同学吴少芃正在野外搞烧烤。突然，吴少芃指着肖鸿伟的背后大声嚷道：肖鸿伟，熊——熊！肖鸿伟刚起身，屁股上就挨了重重的一熊掌……惊慌失措的肖鸿伟睁开了眼。被子已经被妈妈掀开了。只听妈妈在说："鸿伟！快6点了，还不起床？！"

[6:03] 肖鸿伟翻身坐起，尽管那场梦是多么的可怕。肖鸿伟极不情愿地离开那个暖烘烘的被窝。妈妈已经是第三次警告他了。肖鸿伟眯着眼睛下了床。肖鸿伟忙起了他的分内事：撒尿、漱口、洗脸。而且，这几道工序必须在5分钟内完成。

[6:10] 依照家庭的惯例，肖鸿伟必须完成一阵子家庭早读，哪怕是20分钟。肖鸿伟的早读有气无力，唐诗宋词被他念得干瘪瘪的。妈妈有点不满，五次叮嘱他把声音放开，要有感情。肖鸿伟却始终找不到这种感情。

[6:40] 半小时的家庭早读结束了。妈妈唤肖鸿伟吃早餐。肖鸿伟大口吸牛奶，大口吞包子。这顿早餐，肖鸿伟只用了5分钟。

[6:45] 肖鸿伟有点像个银行抢劫犯，忙乱地将书桌上的书塞进书包。肖鸿伟背起书包，双脚套鞋，双手拉门，一溜烟地下了楼。

[7:09]7点10分是学校规定的到校早读时间。总算没有迟到。肖鸿伟喘着粗气走进教室。只听到班主任老师在后面用英语和同学们说"good morning"。教室里有读语文的，有读英语的，也有读历史的，有点类似于农

贸市场。肖鸿伟本想朗读一下曹操的《观沧海》,可今天是班主任监读,肖鸿伟就不得不读英语。哇里哇里的声音让肖鸿伟觉得有点想大便。班主任在门口注视着,肖鸿伟只好忍一忍。

[7:55] 早读在忍耐中进行。肖鸿伟必须上一趟厕所。否则,他就麻烦了。肖鸿伟刚出教室,就与前来上课的语文老师碰了个正怀。语文老师训着:"肖鸿伟！你知不知道马上就要上课了,还到处乱跑?"肖鸿伟只好垂头丧气返回教室,心里暗暗骂道:"昏君！一个昏君！"

[8:43] 语文课上,肖鸿伟什么也没听进,他只巴不得快点下课。他有点受不住了。肖鸿伟已经做好了这方面的充分准备:只要下课铃一响,他就抄近路往厕所跑!

[8:52] 终于下课了,肖鸿伟像一只被人踩了尾巴的老鼠,亡命般往厕所里蹿。肖鸿伟脱裤子的时间破了他平时的纪录,可能他在教室里就已经把裤带解开了。

[11:58] 放上午学的钟声响了。

[12:05] 政治老师还在讲美国攻打伊拉克。肖鸿伟的肚子也在打仗,他对伊拉克已经不感兴趣了,他只想饱饱地吃一顿。肖鸿伟不知道什么时候伊拉克才会被政治老师讲完。

[12:20] 回到家。爸爸不在,妈妈没来。犯愁之际,家里的电话响了。妈妈告诉他,她中午不回来,爸爸也有事。妈妈要肖鸿伟自己到外面买盒饭吃。

[12:50] 吃罢盒饭,肖鸿伟有点想睡。刚躺下来,又翻起身来:爸妈都不在,睡过头了怎么办?肖鸿伟脑海里浮现出语文老师咒骂他的情景。肖鸿伟不由得打了个哆嗦,背起书包,关了门,朝学校走去。

[13:15] 教室里只有三个同学,个个没精打采。肖鸿伟的眼皮子翻了几翻,连打三个哈欠,然后蜷起胳膊,把头摆在上面。

[13:55] 上课铃刚响,班主任就笑容满面进了教室。看起来,班主任今天有些激动。

[14:35] 班主任老师的激动在课堂上得到了充分发挥。她要大家说英语

时，都要有意识地耸一耸肩，最好是边说边耸边推开手臂。这堂课，肖鸿伟两次被点中，他回答得基本正确，老师给了他一连串的“OK”。肖鸿伟心里乐滋滋的。

[17:28] 放学了。地理老师布置了 4 道家庭作业。生物老师要大家完成第 25 页 2、4、5 题。政治老师要大家把书翻到 19 页，做 3 ~ 5 题。历史老师已经把家庭作业写在黑板上，不多，5 个题目。语文老师要大家抄 12 题、13 题、14 题所有的注解。数学老师的家庭作业 5 道是有理数的混合运算，5 道是解一元一次方程。班主任老师一再要求大家：背诵 6 ~ 8 课课文，默写这 3 课的全部单词，写一篇周记。

[17:38] 肖鸿伟总算把 7 位老师布置的家庭作业抄完了。

[18:05] 走出教室，走廊里站了好多人。天空阴雨绵绵。肖鸿伟急了，他向班上的同学借雨伞。可是，没一个同学愿意把雨伞借给他。没办法，肖鸿伟只有向雨水挑战了。肖鸿伟在雨水中奋力奔跑着，他看不清前面的路。突然，他觉得头仿佛被针刺了一般，极其的痛，他也顾不得回头张望了。后面隐约传来一阵惊呀地叫喊。肖鸿伟这才回过头看了看，原来他刚才的一撞，自己不仅挨了痛，还把别人的雨伞撞飞了天。算了，管他呢！三十六计，跑为上计！快跑吧！

[18:35] 肖鸿伟一头雨水回到家。爸爸要他抓紧时间洗澡。妈妈要他抓紧时间吃晚饭。

[19:10] 肖鸿伟准时坐在书房里写家庭作业。

[20:25] 妈妈进了书房，在肖鸿伟身旁站了 5 分钟，说，好好读书，将来考个名牌大学。

[21:50] 爸爸进了书房，在肖鸿伟身边站了 5 分钟，说，不好好读书，将来只有上街拖板车。

[22:45] 肖鸿伟完成了全部家庭作业。

[22:50] 爸爸把他从书市上买来的数学试卷撕下一张交给肖鸿伟做，爸爸给他定的目标是：保证 98 分，争取 100 分。

[23:40] 数学试卷很快被爸爸改完了，得了 99 分，肖鸿伟既没得什么表扬，也不受什么批评。

[23:50] 妈妈要肖鸿伟预习一下语文、数学、英语三门新课。

[24:25] 肖鸿伟觉得自己的眼皮子挂了两个秤砣，沉重得很。书本上的英语字母有点儿像成堆成堆的蚯蚓，相互缠绕着。

[XX:XX] 肖鸿伟趴在了书桌上——也许，他又在做他的烧烤梦。不知道吴少芃会不会来。但愿这次，梦里不再有那只可怕的熊……

杀　猪

娘把早火烧得很旺时，我搂了衣服哆嗦着从房里跳进来。三姐正在火炉边躬着腰换鞋子。我麻利地从三姐背上跨过去。三姐说：你这是鬼追上来了吧？我一屁股坐在火势最燎、没有烟雾的矮凳上，咧了嘴，对三姐笑。

二姐挑着一担水进来，喘了气说：山花脸屋里要杀猪，井水都被挑干了！

娘说：去年过年，山花脸屋里没有猪杀，今年他屋里养了一头架子猪，昨天我到井里洗菜时，山花脸婆娘笑嘻嘻的，嗯，今年他们会胀死的。

正说着，我看见白茫茫的村口道上，山花脸的女儿正挑着一担水在爬坡。

我的弟弟三元捧了一块冰，从外头冲进来。他冻得满脸通红。他将冰块放在火坑中央的青架上，冰融水滴，火星子“嗤嗤”地响，冒出一阵灰尘。二姐狠狠给了三元一巴掌。三姐说：妈，你看看三元，他在这里烧冰！

娘警告着说:三元你这个鬼崽子,你讨死了吗?

三元将鼻孔外面那条裸露的黄鼻涕快速吸进去,瞪了眼骂三姐:地主婆!

三姐从凳板下面摸出一只鞋,准备去打三元。三元转身跑在娘身后。娘扯开话题说:今年山花脸屋里红薯种得多,有藤吃,猪也长得快。上个月,我看到他家那头猪,有半个人高,现在又养了一个多月,恐怕有三百多斤了。

这时,村子里传来了猪的惨叫声。那高亢的猪叫声尽管凄惨,但在我们听来,却是羡慕。下雪的时候,谁不希望自己家里有猪叫声呢?三元一阵风地出去了。我看见三元踩着那条白茸茸的雪路,一蹦一跳向村子那边奔去。

依照娘的计划,我们家今天做甜酒。娘要我到秋桃娘娘屋里借筛子。我找了个理由,企图推托。三姐用白眼死死瞪着我,好像在说:我刚到园里扯了蒜,你就别指望我去借!娘好像也看懂了三姐的意思,对我说:毛儿,你去吧,回来我给你糯米饭吃!

我极不情愿地出门了。

白雪覆盖大地,但村里那条坑坑洼洼的路,依旧看得有些分明。路中间已被人踩得泥雪交融,我踩着高耸的石块或土堆,小心翼翼往院子中心走去。

远远地,我看见山花脸的屋场边围了一圈人。走近时,我看见我的弟弟三元抽拉着他的黄鼻涕站在那里,还有我家那条黄狗。很大一头白生生的猪,已经被煺了毛,正挂在一个楼梯的横杆上。山花脸手里操着刀,正准备给那头猪开膛剖肚。我看见山花脸踹了我家那条老黄狗一脚,骂道:要死的,走开吗?山花脸婆娘端着脚盆正在接应猪肚里那一堆肠子。我的弟弟三元踮了脚,伸长脖子,站在山花脸身后贪婪地注视着。我说:三元,妈在喊你呢,你在这里做什么?

三元嘟了一下嘴,表示不相信。

山花脸婆娘笑嘻嘻地对我说:毛儿,你去哪?

我说:到秋桃娘娘屋里借筛子。

山花脸婆娘又说:你们家做甜酒了呃!

我应了一声,独自朝秋桃娘娘屋那边去了。此时,我身后传来一阵激烈的狗叫声。几只狗在打架。听声音,我家那只老黄狗应该是其中一只。

返回时,三元还站在山花脸屁股后面全神贯注地看。他那条长长的黄鼻涕已经快要封住嘴了。我大声地说:三元,你还在这里,妈要你回去,你难道听不见吗?

三元把黄鼻涕抽了进去,笑眯眯地看着我。他根本没有与我同行或者打算离开的意思。

我把三元的事告诉给娘。娘骂道:那个鬼崽子,又去馋食了!

早饭上桌时,三姐捧了碗,第一个动筷子。娘说:三元呢?我说:肯定还在山花脸屋里。娘又说:快把他喊回来,这个欠食鬼!

我捧着饭碗说:这回应该不是我去了,我才借了筛子回来。娘把目光扫向三姐。三姐望了望娘,睁着圆眼,鼓了我一下,放下碗,去叫三元。

我差不多快吃完一碗饭,三姐才回来。三姐两手空空地说:三元不肯回来,他守着山花脸婆娘在炒猪肠子。

这个要死的!娘放下碗,大声骂道。

娘亲自去了。

望着娘的背影,我和三姐都为三元暗自捏冷汗。这回,三元要惨了!

吃第二碗饭时,我就听见三元在外面哇哇地哭。没多久,三元被娘拖了进来。三元泪流满面。三元的黄鼻涕倒是不见了,但他鼻孔里却不时冒着鼻涕泡。他哭得很是伤心。娘又给三元屁股上抽了一竹条。三元痛得跳起来,哭声更大了。二姐将三元拉到火屋的最里端。我和三姐嘴里含着饭菜,都在暗暗地笑。

娘骂道:你这个饿死鬼,看人杀猪,就真的像过年了,眼珠子都伸到别人锅子里去了!更气人的是,还把别人一盆猪血给弄翻在沟里!看我今天不打死你!

娘扬起竹条,又要冲过来。我和三姐同时用身子将三元紧紧挡住。

娘在一旁苦笑。

至于娘为什么笑，我想，可能是三元没吃到猪肠子，却把山花脸家的猪血弄翻了。

失 语 症

患者和他妻子终于排到了医院的挂号窗口。挂号医生一边忙碌着，一边问："挂什么科？"患者歪了歪嘴巴，青着脸，不说话。患者妻子赶紧说："医生，他的嘴歪了，脸色发青，说不出话，你看，他需要挂什么科？"

挂号医生抬头瞟了一眼患者。几分钟后，便向窗口丢出一个病历本、一张挂号单和五六个硬币。患者妻子拉长脖颈说："医生，是什么科？"

挂号医生有点不耐烦地说："肝胆科。下一个！"下一个患者和她的家属们立刻拥了上来。他们把这个患者和他妻子彻底排挤在队伍之外。

患者和他妻子穿过二号楼，乘电梯来到肝胆科。

打发走一个黄脸患者后，医生把这个患者叫了进去。患者妻子也急忙跟了进去。医生说："你进来干什么？"患者妻子说："我是他妻子，如果我不进来，你是问不出什么情况的，他说不了话。"医生默许了。

医生要患者躺在诊室那张病床上。患者妻子说："他肝胆应该没什么问题。"医生转过身，朝她瞟了一眼，说，"你怎么知道他没问题？"患者妻子说："我也说不清楚。"

医生反驳着"哼"了一声，要患者解开上衣纽扣。患者解开衣扣，平躺在病床上。医生用手指在患者肚子上来来回回按了一阵，又在各个点位零零星星地敲打了一番。然后示意患者下来。医生洗了手，坐下来，开始记录。医生问："多大了？" 患者动了动他的歪嘴，很想说话，但说不出。患者妻子说："三十三。"

医生说："他什么时候开始歪嘴的？"

患者妻子说："差不多一个月了，起初只是有一点歪，过不了几分钟，又正了。"

医生说："这次歪是什么时候？"

患者妻子说："昨天晚上十点多。"

医生说："请你把情况说具体些。"

这时，患者妻子从挎包里掏出一个U形耳机，套在患者头上，然后又掏出一个MP4，将耳机线插进MP4，选了王宏伟那首《西部放歌》，并将声音调至最大。

医生不解地说："你这是干什么？"

患者妻子说："你不是想知道他的发病情况吗？"

医生说："是的，可你也不需要让他戴耳机呀！"

患者妻子说："要戴的，一定要戴，不然，他的嘴巴会更歪。"

医生惊讶地说："怎么会这样呢？"

患者妻子说："是的，我也不知道。"

医生说："你把耳机取下来，我倒要看看他到底病成怎样。"

患者妻子说："不行的，他会呼吸不匀，两眼发白，嘴巴更歪。"

医生有点不耐烦地说："是你给他看病，还是我给他看病？"

患者妻子只好替患者把耳机摘下来。

医生问："到底怎么回事，你把当时的情况说一说。"

患者妻子注视了患者一眼，然后说："医生，是这样的，昨天上午九点，我小孩的书法教师给我家打来电话，说我小孩这次书法过级差了一点点，他听了以后，就呼呼地吸气、吐气，眼珠子开始往上翻，嘴巴也抖得很厉害——"

这时，座位上的患者开始朝左边拉嘴巴，然后就上翻，接着就机械似的跳过不停。几分钟后，患者开始翻白眼、吐白沫……

患者妻子说："医生，你看到了吧，他现在又发作了。"

医生说："给他戴上吧。"

患者妻子走过去，将耳机重新套在患者头上，继续给他播放王宏伟那首《西部放歌》。不到一分钟，患者的情绪趋于稳定，眼珠子不翻了，呼吸也均匀了，嘴巴也不抖了，也不流白沫了。

患者妻子说："他这病，主要是因为小孩。"

医生说："小孩？小孩能使他这样？"

患者妻子说："是的，刚才你也注意到了，我一说到小孩的事，他就发病了。所以，现在我要多说几句。"

医生说："好的，你只管说，他现在应该不会听见了。"

患者妻子将王宏伟的《西部放歌》设置成循环播放，并检查了音量是否调到最大。然后说："医生，你也知道，现在的社会是人才竞争的社会，谁能够以一当百、以一当千，谁就可以考上一个理想的学校，找到一份理想的工作，获得一份理想的收入，成立一个理想的家庭。你说，是不是这样？"

医生说："是的。"

患者妻子说："因此，我和我老公在结婚那天晚上，基本上什么也没干，就发了一个晚上的誓言。我们共同发誓：一定要把小孩培养成为祖国的栋梁之材。我刚怀孕，我们就开始实施胎儿教育。我们看了许多胎教方面的书籍和光碟，听了许多胎教方面的讲座。孩子在没出生的九个多月时间里，我们为孩子播放了唐诗三百首，中国优秀民歌五百首，肖邦三部钢琴协奏曲、三部钢琴奏鸣曲、四部叙事曲、四部谐谑曲、十八首波兰舞曲、二十四首前奏曲，莫扎特《第三十一交响曲》、《第三十五交响曲》、《第三十六交响曲》、《第三十八交响曲》、《第三十九交响曲》、《第四十交响曲》、《第四十一交响曲》，贝多芬《第三交响曲》（英雄）、《第五交响曲》（命运）、《第六交响曲》（田园）、《第九交响曲》（合唱）、第一、第二、第三、第四、第五、第六钢琴协奏曲——”

“这和你丈夫的病有关系吗？”医生打断了患者妻子的解说。

患者妻子说：“当然有关系！我和我丈夫对孩子的期望是相当高的，我们不仅要把他培养成诗人、音乐家、钢琴家，还要把他培养成书法家、跆拳道高手、奥数尖子、英语鬼才，我们希望在我小孩高中毕业那年，清华、北大的招生老师因为抢招我小孩而打起来。最后，我们决定放弃清华、北大，选读香港中文大学，接受这所大学所给予的一笔奖学金。”

医生说：“你们小孩现在多大了？”

患者妻子说：“下半年读小学二年级了。”

医生说：“你说说你丈夫的病与你小孩到底有什么关系吧。”

患者妻子说：“到现在，想必你也知道了我丈夫对小孩的那种期望了吧。”

医生说：“可以理解。”

患者妻子说：“我小孩除了读一年级外，现在还学了六门特长。第一是学英语，每周五次；第二是学奥数，每周四次；第三是学钢琴，每周三次；第四是练书法，每周两次；第五是学作文，每周两次；第六是练习跆拳道，每周一次。除了参加这些特长班以外，我们还要他背唐诗、练嗓音……”

医生说：“就说说你丈夫发病那天的情况吧。”

患者妻子说：“昨天上午九点，我小孩的书法教师给我家打来电话，说我小孩这次书法过级差了一点点。我丈夫知道这一情况后，就出气不匀，就翻眼珠子，就抖嘴巴。我安慰他说，差一点就差一点的，下次不就过级了。他听了我的话，情况得以好转。但是，中午十二点的时候，我小孩的钢琴老师打来电话，说我小孩坐在钢琴边喜欢动，一点也不专心。他知道这一情况后，立刻出气不匀，立刻翻眼珠子，立刻抖嘴巴。我劝了他几句后，情况有所好转。下午三点的时候，我小孩的奥数老师打电话，说我小孩做奥数题喜欢发呆，不肯动笔。他知道这一情况后，‘啊’了一声，呼呼地抽气、出气，眼珠子翻得很厉害，嘴巴抖过不停。我耐心地劝了他半个多小时，情况终于有所好转。下午五点的时候，我小孩的作文老师给他发了一条信息，说我小孩的作文是抄袭另外一个同学的。他得知这一情况后，‘哇’的一声，就出气不匀了，眼珠子全是白的，嘴巴有点歪。我赶紧对他解释了半个多小时，情况才有所好转。晚上十点多，我小孩的英语老师打来电话，说我小孩还有五个单词说不出，他听了这一情况后，‘欧’了一声，抽了几口气，眼珠子翻了翻，嘴巴快速地抖了几下，然后就彻底地向左边歪了。我昨天晚上基本上没睡，一直给他做工作，他就是不说话，青着脸，嘴巴也一直歪着。”

医生一边摇着头，一边将病历本交给患者妻子。

患者妻子说：“医生，怎么办？”

医生说：“你先带他去看看心理医生，等把心理调整好了，再来看他的肝胆，好不好？”

患者妻子说：“这——”

医生说：“去吧，快去吧！”

打 狗

那年，我家本来是有年猪杀的，但可惜的是，那头年猪长到八月就死掉了。当村里的年猪一个个叫出声来的时候，我爹就说：今年把狗打了吧！

全家人听了，都有些激动。弟弟三元拍着手板说：好呀，有狗肉呷了！

三姐说：你就知道呷，外面有一堆狗屎，你要不要？

正说着，我家那条老黄狗跳过门槛，进来了，它仿佛听到我们的说话，摇着尾巴，注视着我们。老黄狗的确到了该吃的时候，它老得有些力不从心，连咬骨头都不那么麻利了。它常常在我丢出去的骨头上面，懒洋洋地用鼻子闻了闻，然后叼起，钻进火炉下面的木槽里。也不知道，它到底啃了没有。

我们要吃它，又那么熟悉它，都觉得有些于心不忍。何况，它正悠闲地伸出舌头，舔了一下嘴，慢步向我们走来呢！爹没有扯开话题，他说：明天就要刚崽来打狗吧。

这天，风刮得很紧，好像有下雪的迹象。我缩在屋里烤火。但弟弟三元早已将我家打狗的事传开了。有好几个不怕冷的鬼崽子来我家看狗，他们议论着说：这狗算大的了，可以吃好几餐。

知道老黄狗明天要被打，我们心里又特别挂念它来。当天晚上，我给老黄狗盛了一大碗饭，三姐还在饭上洒了好多菜汤。老黄狗似乎很感恩，摇着尾巴，在我手背上舔了又舔，舔得我全身痒酥酥的。

第二天一大早，刚崽叔就来了。他跨进我家门槛，大声叫着我娘的名字：珍贵嫂，鸡脚哥要我来打狗呢！狗在哪里？

我一听到刚崽叔说话，全身就紧张起来。我钻进屋里，说：狗不在家里呢。

弟弟三元冲进来，说：狗在中堂里！

刚崽叔从腋窝下拿出绳子，一边做活套子，一边对我说：毛儿，你去把狗唤到屋角边来，另外，给我准备一把锄头。

我不想去唤狗。我说：我去给你拿锄头吧。

娘要弟弟三元去唤狗。

三元唤了好一阵，老黄狗就是不肯朝屋角边来，而且，它越去越远。

娘要我去唤狗。

我说：我不去！

娘说：那只狗最听你的话，你不去，谁去？你要是真不想去，就算了，今年过年，你们也别想餐餐有肉吃！

刚崽叔笑了。他打着口吃说：这、这、这有什么？有、有、有狗打，是好事！再、再、再说，它死、死了，就可、可以变人了。

刚崽叔虽然说话有点打结，但他知道很多事。他是我们村里的讲古高手。很久以前我就听他讲过狗通人性、狗死后投胎做人的故事。

刚崽叔已经把绳索圈做好了。他在等我去唤狗。

我磨磨蹭蹭走出去。老黄狗正站在屋那边的田埂上。

我说：黄子！黄子！

老黄狗摇着身子过来了。我一把抱住它的脖子，它用舌头舔着我的脸。我说：黄子，别怪我，做人比做狗好，你就跟我来吧！

老黄狗似乎很听话，它跟我来到屋角边。

刚崽叔早已等候在那里，他猛地用绳圈套在老黄狗脖子上，然后飞起一脚，将老黄狗踢在了屋角下面高高的土坎上。老黄狗在下面跳跃着，"咣唧唧、咣唧唧"叫个不停。刚崽叔操起屋边那把锄头，对着狗头一阵猛打。不多久，老黄狗便没了声。等刚崽叔用绳子把它拉上来时，狗眼里全是血，舌头伸得很长。

我恐惧得简直不敢多看。

刚崽叔拖着老黄狗往水井方向走去。那地方是村里人燎狗的固定场所。

我靠在屋门边暗暗地想：太怕人了，太怕人了！但我旋即又想到，我家老黄狗正化着一缕青烟，像孙悟空打白骨精一样，升腾在某个地方，它将迎来它新的人生。

三元和村里的一帮娃们，早已守候在水井附近的燎狗处。我去水井洗胡萝卜时，看到了我家黄子，它已被稻草火烧得全身金黄，牙齿恐怖无比地露在外面。我瞟了一眼，快速经过了。

刚崽叔帮我家打狗，因而就在我家吃晚饭。娘炒了一大碗狗肉。刚崽叔一边喝酒，一边嚼狗肉。我端着碗去夹胡萝卜，刚崽叔说：毛几，你怎么不吃狗肉？

我说：我不吃。

娘说：你是吃狗肉的，今天怎么了？

我说:不怎么。

三姐说:地主就是会吃,只晓得吃鸡、吃鱼、吃猪肝,嫌狗肉不好吃!

弟弟三元说:他是嫌狗吃屎,所以不吃。

娘骂道:你们这帮要死的,都给我把嘴封住!

刚崽叔喝了一口酒,嘿嘿地笑。

打工仔

小岩村出了个深圳打工仔。那就是发爷的满崽阿贵。

阿贵春节回来的时候,花格子西装,棕色牛皮鞋,还戴着一副让人看上去活像个流氓的乌黑墨镜,招得村里人议论纷纷。好在初一孩子们到发爷家拜年,阿贵给每个娃儿一块钱,人们这才意识到阿贵不是流氓,倒像个老板。

于是,村里的老老少少开始向阿贵靠近。阿贵把翻盖带嘴的烟一包一包打开,放在大家跟前,招呼着大家抽烟。

阿贵,你在深圳做什么?有人想探听阿贵有钱的真正原因。

阿贵笑而不答。

狗日的阿贵为何这么大方?就连阿贵的老子发爷也在心里纳闷。

但是,人们百分之二百地肯定:阿贵这小子肯定发了。

人们的猜测百分之二百正确。正月初五,阿贵就要发爷跟他去深圳看世界。发爷不肯。阿贵死缠着说:"爹,你就去吧,你这把年纪了,再不去看看那里的热闹世界,就没机会了。”发爷还是不肯。阿贵又说:“爹,跟我去一趟吧,反正我在那边又不干什么坏事。”发爷听了阿贵这句话,心里立刻亮堂了几分。最后,在乡邻们的劝说下,发爷还是跟阿贵去了深圳。

深圳这个五彩缤纷的城市,在发爷眼里简直就是天堂。阿贵陪父亲逛了深圳的几个风景点,最后告诉父亲怎么过马路,怎么回家,就自个儿上班去了。头两天,发爷不敢离开阿贵的房间,至多是在阿贵房门口看看行人,看看车辆,看看他从未看过的热闹景象。过了几天,发爷的胆子就大了。能够远离阿贵的住房,沿街去瞧,去望。

阿贵很忙,除了按时给发爷准备三餐外,整天早出晚归。

这天,发爷转到了一个比较繁华的地方,发现有个胖女人坐在那里,双眼微闭。胖女人那双白胖胖的脚被一个人抱着。发爷觉得很好奇,走过去看热闹。抱脚的人很投入,正在用小刀给胖女人修脚指甲。趾甲被修整得圆圆的。抱脚人又用小刀将指甲刮了一遍又一遍,然后涂上红油,很好看,也很新鲜。发爷在这里出神地站了近十分钟。胖女人给抱脚人付了二十块钱,抱脚人躬腰连声道谢。

抱脚人转过身。发爷的脑神经就被重重地刺了一下:抱脚人竟是自己的儿子阿贵!

发爷不等阿贵喊出半个“爹”字,就给了阿贵一耳光,脖筋如蚯蚓般地骂道:“没出息的东西,想不到你跑深圳来,干的是这种活!快跟我老老实实回家种田去!”

这晚,发爷半粒米都没吞下。第二天,不管阿贵怎么恳求,发爷还是回到了他的小岩村。乡邻们很高兴地围着发爷,要他讲一讲传说中的深圳。发爷就说,深圳的人多、房子多、车子多,能吃的东西多。

有人又问:“阿贵在那好吗?”

发爷说:“好,好。”

但是,发爷从此却病倒了。病得让人越来越为他惋惜:放着好日子不过,却要走了。

阿贵从深圳赶回来时，发爷已经断了气。阿贵在发爷的灵床边久跪不起。

发爷快入殓的时候，阿贵用小刀给发爷修了脚指甲，修得圆圆的，然后又用指甲油涂了一遍又一遍。很好看，也很新鲜。

小岩村的人都说：发爷入殓的时候，脚指甲很好看，很新鲜。

担　子

一场雨下来，灰尘被冲得无影无踪。弯弯曲曲的山道里尽是些裸露的石子。雨后的山间，空气格外清新。偶尔几声鸟鸣，让人好不惬意。弯陡的羊肠道上，两双鞋在衡量：草鞋在前，皮鞋在后。草鞋被磨得很薄，后跟有些破损；皮鞋亮锃锃的，很是晃眼。

六十多度的斜山坡上，草鞋迈得和皮鞋一样艰难。两只大提包和两条蛇皮袋所构成的“吱嘎”担子，将驼背草鞋人压得气喘吁吁。

“爸——我来挑一程吧！”跟在后面的皮鞋人喘着粗气说道。

“我顶得住。”草鞋人汗流满面。

皮鞋的位移在陡道上逐渐变小。那张蜗牛背托着那副“吱嘎”担子在使劲往上爬。

“叭——”担子散落成四个包，包儿顺了路道一直滚到皮鞋边。

草鞋人跌进了杂草丛中。

“爸！怎么了？怎么了？”皮鞋人飞爬上来。草鞋人艰难爬出草丛，立在道上，脚杆上露出一道血口。草鞋人很乐观，话中带笑。

“爸，还是我来挑一程吧！”皮鞋人抢着担子说。

“刚才草鞋不小心挂到了路边的树根，不碍事的，我还能挑。”草鞋人持着担儿坚决不让。

在“吱嘎吱嘎”的重担声中，草鞋人问了很多城里的事，并在为人做官的事情上千嘱万咐。皮鞋人回答得满头大汗。

“爸，我来挑吧，你已经挑了一个多钟头了。”皮鞋人双手抢着担子，乞求说。

“下了这道坡，就是马家溪了，到那儿你再挑吧！”草鞋人移动着带血的草鞋，撂出这一串话。

两个人的队伍来到马家溪枫亭口。这是路人在马家溪地段走村过户的起点。草鞋人将担子迅速压在了皮鞋人肩上，自己则在后面横了衣襟擦汗，而后又摆一副悠闲的样儿。

皮鞋和草鞋在马家溪大院中间移动着。

马家溪的村民个个眼红，纷纷夸道：满福爷，您可真有福气哟，养了个好儿，城里能当官，乡里能挑担……

草鞋人心里像灌了蜜。草鞋人将早已从皮鞋人衣袋里掏出的翻盖烟，隔了老远一根一根甩过去。夸奖的人们就纷纷伸出手，迎接草鞋人甩过来的烟。

走过马家溪，又是一段漫长山路。当马家溪最后一户人家消失在眼帘时，草鞋人急忙冲到皮鞋人身边，毫不含糊地要求皮鞋人将担子交给他。

皮鞋人企图再挑一程。草鞋人说，算了算了，这哪是你城里人挑的事，快快放下，千万别弄脏了衣服，城里人应该斯文些，不要像乡下人，半个钟头后，就到罗家冲了，过罗家冲院子时，你再挑吧！

草鞋人夺过担子，驼背前行。

望着草鞋人负担的背影，皮鞋人心里在流泪。

幸福的丧事

“妈妈的,往哪里溜!”

我已顾不上自己的破短裤了,干脆一屁股坐下去,双手在泥浆里快速地翻动。

田埂上的丽子也来了兴趣,端了泥盆,跑到田埂这头。口里问着:“宏哥,是泥鳅,还是黄鳝?”

我说:“可能是泥鳅,我摸到它的头了!”

田埂上的丽子变得更加兴奋,只听见她在那里嚷:“得了九根泥鳅了,再抓一根,就是十根……”

我还未来得及将第十根泥鳅从泥浆里翻出时,远处却传来了凶急的喊声:丽子——丽子——

我知道又是丽子的爷爷九斤来了。

我这般想时,九斤爷真的来了。他手里捏了根竹棍,眉头拉得很紧,见了丽子,吼道:“作死的,还不快点回去?再看到你和他在一起,我打断你的腿!”

丽子放了泥盆,低着头,回去了。九斤爷则在后面拄着竹棍,骂过不停。

像这种场合,我不知碰到多少回了。那个年代,我这个地主娃儿是很孤独的。院子里许多同龄孩子见了我都要避得远远的,好像我身上长满了脓疮似的。好在丽子能跟我玩,但也不是经常的。每次和丽子玩得开心的时候,九斤爷就来了,丽子也就悻悻地被撵走了。丽子每次跑到我身边,第一句话就是“我恨死我爷爷了”。其实,我又何尝不恨他呢!

那天,我正在桐子山上撮鸟窝,忽然听到院子里传来女人的哭声,接着又响起一串炮仗。光子气喘喘地跑上来,对我说:“九斤死了!”

我问:“真的?”

光子说:“真的,我娘也哭丧去了!”

我们飞也似的往山下跑。

这时,丽子家里已变得人满为患。大老远,我就听见光子娘在那里号啕,那声音比熏烟还厉害,熏得女人们一个个挂了泪。男的却很少这样,最多是叹几口气。

丽子没有哭,见我来了,拉着我,去看她爷爷。我壮了胆子,走进堂屋。有人正在给九斤爷穿寿衣。我看见九斤爷的嘴里含了个红红的东西,脸拉得老长,手脚被人舞动得像根木棒。就在那一刹,我对九斤爷的态度又变得释然了。

吃丧饭是最热闹最幸福的时刻,就像一年之中的大年三十,是那样的难得,那样的宝贵。

光子娘早就不哭了。她笑嘻嘻地朝我们这桌挤过来,嘴里不停地说:“我就到这桌吃,就到这桌吃算了,这桌都是些鬼崽子,不吃肥肉的。”

可是,肥肉刚端上桌,我们这些小鬼,有的已经用碗去赶了,有的干脆用手去抓,最后不知是谁竟然将菜碗给端跑了。自然,光子娘没捞到一点油水。

光子娘就恶毒地骂:“这些鬼崽子,比狼还饿!害死我了——害死我了!”

一桌是不能吃二的。何况又是大人。光子娘也就只能捧着碗,吃那几片发绿的茄子。这时候,我发现光子娘的眼珠子像是快要掉下来似的,但我们也顾不了那么多,都在忙碌地咬骨头,吞肥肉。

九斤爷被抬上山以后,农忙季节也就来了。然而,我们的心却沉积着一种失落感。我们多么希望九斤爷能够再活一回。那么的话,我们又可以再抢一次肥肉了。

那个年代,我们经常把死人和过年紧紧地联系在一块。

第 三 辑

真 实 的 谎 言

大姐的婚事

那年，我9岁，大姐19岁。19岁对于9岁来说，多的不仅仅是生活阅历，还有一种男女间的恋情。

大姐是六姐妹当中的老大，是爸妈最能干的帮手。就在那年，大姐带给了我们一个关于姐夫的崭新话题。大姐相亲那天，娘没去。年关前的一天，娘早早地把我扯在一旁说，明天有个男的到我们家里来，你应该礼貌一些，叫他姐夫，他会给你礼钱呢。大姐跺了脚责怪娘，脸上则是羞羞的笑，做起事来更加麻利了。大姐是我那时候见过的最漂亮的人，长长的马尾辫，瓜子脸，红润润的肤色，牙齿很白，很像后来冒出来的巩俐。家有大姐，是我们潘家的骄傲。潘家是我们王屋村唯一的异姓，王姓人每次和我们吵架时，总会拿出“这里不姓潘，姓王”的话题要我们走。我们走哪里去？我不知道，爹也不知道，反正爷爷早就在这里了。大姐不信这一套，那次，卷子将我家两只鹅拧断了脖子，大姐要去骂人，被爹扇了几耳光。我敢保证，大姐绝对是我们村最优秀的人。

第二天，我们的家事在娘的摆布下有条不紊地展开着。娘早已将屋内屋外扫了三遍，爹停止了他山间劳作的活，到菜地里摆弄着小锄头。我们这些做孩儿的，也都换上了衣箱底层最为得体的衣服，兴奋地等待着我们未曾谋面的大姐夫的到来。大姐那天穿得格外好看，一件红灯心呢衣服，一条黑卡几裤。大姐把我们拥挤的房间摆设得十分有序，还从七七叔那里弄来了报纸，糊在房间的木壁上。走进房间，书香味特浓。大姐没念过一天书，可她认为报纸是读书人的最好象征。

太阳悬空时，屋后的山坳上响起了一阵鞭炮声。对门的开风婶婶笑眯眯地喊着我娘的名字：贵玉嫂，贵玉嫂，界巴冲的鞭炮响了，你家来客人了。这时，我飞快地往界巴冲山坳里跑。远远地，我看见两个半身人在山坳间的林隙里闪动，走在前面的，是一个上了年纪的老婆婆，手里拄了拐棍，胸衣敞开着，里面的红棉袄像两副对联，贴在胸前。后面那个男的，挑了一担箩筐，箩筐的重量压得他肩上的扁担嘎叽叽地作响。

自然，那个把肩上的扁担抖得嘎叽作响的满头大汗的男人便是我的大姐夫了。大姐夫粗皮粗肉，嘴皮厚大，走起路来，两条腿谁也不愿加快速度，一副慢腾腾的斯文相。我眼中的大姐夫不仅表现出了过人的谦和（对任何人哪怕是小孩子都保持着善意的微笑），还勤快地迈着他那速度不快的腿，为我家的水缸挑满了一井水。娘心事重重地在房间里转悠着，她在寻找前几天家里购置的糖果、瓜子和生姜，忙着为客人摆茶果。寻着寻着，娘就拧起了跟在屁股后面的二妹的耳朵，轻声而又恼火地骂道，鬼崽仔，都偷吃完了，过几天我找你们算账！二妹的嘴是有点馋，可她终究没偷，二妹流着泪，但又不敢哭出声来。确切地讲，是娘不许她哭出声来。做贼心虚的我讨好地望着娘，娘吩咐我去菜园里喊爹回来，并叮嘱我到满爷爷、七七叔叔、开风婶婶家报晚餐。一向和善的大姐，变得似乎严肃了许多，她不轻易给我们一丝笑脸，只是勤快地帮着娘忙家务。

一切的和气与礼节都汇集在晚餐上。满爷爷来了，满娘娘来了，七七叔来了，开风婶也来了，围着火坑坐了一个大圈，比过年还热闹。娘的筷子不停地往那个媒婆碗里夹鸡肝和鸭肝。媒婆的嘴唇像两条蠕动的虫，在筷子的追赶下辛勤地嚅动着。媒婆总会在嘴唇停止嚅动的当儿，说起大姐夫的家事来。媒婆说，这个小廖，家里兄弟多，有两栋大房子，人也老实，又读过初中，还在大队里开过半年拖拉机呢，什么都好，就是没有多话讲。这时，大家就再次关注起我那位叫小瘳的大姐夫。他碗里的肉好像没一点变化。

七七叔和开风婶倒是很有话说，他们一边用筷子在菜碗里翻来翻去，一边肯定着媒婆的各种介绍。总而言之，这个小廖真不错！

大姐没有与我们一块吃饭。她在房间收拾着。接下来，我就发现大姐在房里哭。娘早早地放了碗，来到房里，俨如她知道大姐在哭。

娘把几个端碗的妹妹赶出房门，关了门，含着泪对大姐说："娘也是为你好，这小廖，人看起来，有点出老，不像二十二岁的人，又不善于说话。"

大姐说："农村人哪个不出老？不善说话，并不代表他是哑巴，他能说些什么呢？再说，他家兄弟多，不怕人欺负，哪像我们家，鹅被人打死了，还要赔别人黄豆！"

七 娃

七娃是清元最小的弟弟。

小时候，我所生活的地方是个四面环山的小山村。那时，村里和我一样大的小孩有七八个，只有清元和我最好。清元虽然只比我小四个月，但绝对是我最听话的一个兵。我和清元原本是一起进学校的，因为他语文数学加起来，总考不过三十分，就留了两级，比我的班次低。在家的日子里，我和清元总喜欢把春天的牛放进虎形坳，然后漫山遍野找树丛里的米饭籽吃，总喜欢走进流水丝溪潭里，掰开石头摸螃蟹，总喜欢迎着秋风去卢桐冲的山林里摘"八月砸"的果子吃，总喜欢踩着冬雪上黄毛坪打野兔子。几乎在每一次行动中，我们的屁股后面总跟着清元的弟弟七娃。清元很讨厌这个跟屁虫，常常跺着脚把七娃追得哇哇叫，但等我们赶到目的地时，七娃也基本上赶到了。因为常是这种情况，我就对清元说，你也不用追他了，就让他跟着我们，只要在关键的时候，不通风报信，就行了（因为我们经常带着雷管炸药去水潭里炸鱼，父母知道后，除了用竹条子抽屁股外，还会不给晚饭吃，后果比较严重）。这时的七娃就会理直气壮地说，我绝对不报信，报信就不是人！

七娃生得很单瘦，长条子脸，眼珠子转得很快，遇上我们当他是兄弟时，就有说不完的话，而且十分勤快，又爱干净，根本不像膀胱的弟弟亮子那样整天鼻孔里流着黄乎乎的鼻涕，甚至趁人不注意，还用舌头舔，呕心得要死。有时我们身上带了红薯，分给七娃吃，他总要把红薯拿到水坑里洗干净才动口，不像我们用嘴啃下一口，然后吐掉那层裹满黄泥的皮。我们在水潭里捡那些被雷管炸晕了的小鲫鱼时，七娃只能在岸边站着，他高兴地指挥着我们，说，快看，那里有一条！那里又冒出了一条！这个时候，我们就骂，你小声一点，吼什么？！我们将少得可怜的几条小鲫鱼往岸边甩去，七娃就耐心地用小树藤将它们一个一个串起来，然后说，这一炮，怎么就没炸到大鱼呢？我们在树上摘野果时，七娃也只能站在树底下，他将我们甩在树丛里的野果，一个一个找出来，然后用自己的衣服兜上。总之，有七娃参加，我们的活动变得轻松自如。

我小学毕业时，七娃才开始读书。听人说，他数学成绩相当好，远比他哥清元厉害得多。自打读初中以后，我就很少在家里待了，长期吃住在学校。放假的时候，我回家偶然上山打一两回柴，也是清元与我为伴，但后面很少跟着七娃。清元说，他七兄弟中，就只有七娃读书对劲，还弄了几张奖状回来了。有时候，正面碰到七娃，他就对我微笑，是很有涵养的那种笑。七娃没有和我说更多的话，我知道他有点怕我，这并非因为我们不是同一个年龄的人，可能是我的名气大了点，我那时已经是我们村子方圆十里有名的读书尖子了。

在我大学毕业那年，七娃辍了学。他爹死了，娘又患了肝腹水，三个哥哥虽已成家,但谁都不愿供他继续上高中。参加工作的头一年,我回到老家过年。依照父亲的嘱咐,我从城里买了一条好烟,见村里人就散。一来表示我不辜负村里人的希望,二来显示我杨家后代懂规守矩。我坐在中堂门口与过往的村人友好地招呼着,不断地散烟、点火。这让父亲格外高兴,他已经交代我不要做任何事情,即使年关有很多事要男人去做,比如贴对联、打扫屋场等,但他还是一而再再而三地强调:家里的事不要管,多去和村里人拉拉家常。我只好看着我的老父亲忙上忙下,手脚不得停歇。

这时,我看到了一个人,挑着一担稻草,从中堂对面的田埂上走来。因为我家的中堂门口是村人的必经之地,我就问父亲,挑稻草的那个人是谁。父亲朝那人望了望,说,是二傻子。我说,谁是二傻子。父亲忙着他手里的活,半天才说,清元的弟弟,七娃。不多久,那个挑稻草的人已经来到我家中堂门口,我急忙掏出香烟,说,七娃,你还真忙呀,抽支烟吧。七娃朝我笑了一笑,说,我不会抽,你省着吧。他问了我几句在什么单位上班干什么工作,就微笑离去了。

父亲责怪我给这种傻子散烟,浪费钱。我不以为然。我问父亲:他的名字明明叫七娃,好像书名叫什么周良伟,你们怎么叫他二傻子呢?父亲说,他傻乎乎的,在城里拖板车时,捡了个包,里面装有五百多块钱,他却把东西交给了电视台,你说他傻不傻?说完,父亲又扛着锄头去整理屋场了。我木然。

数年后,我带着妻儿回老家过年。因为我在县城工作,村长一直盼我回去跟他聊聊。我和村长在家门口热情地抽着烟,聊着天。这时,村长的小孙女哭哭啼啼跑过来,她说她怕。我发现我家门口不远处的那棵棕树下,站着一个头发零乱而修长的人,他正朝我微笑。这时,我就听见村长扯起洪亮的嗓门骂道:你妈那个七傻子,还不给我滚远点!你傻乎乎的,要打小孩是不?嗯?!

我终于看清那人就是七娃。我想走过去跟他聊聊,立刻被村长拉住了。村长说,你千万不要理他,他是个傻子。我问村长,他哪里傻?村长说,他在城里拖板车，捡了个包，里面有五千多块钱，还有一个大哥大，他把它交给了电视台。村长还说，这个七傻子，三十三了，还没老婆，专门打妇女的主意……

我再次抬头对望时，路口处没了人影。棕树的巴掌叶在哗哗作响。刮风了，风很冷。

设 计

波彼得先生决定要干一件有利于萨斯州民众的事：举报他的上司汤姆先生贿赂政府要员。

波彼得先生于是大步流星走向了萨斯州廉政署。可他跨进廉政署大楼时，心里十分惊慌，他没有勇气完成这次举报。波彼得先生徘徊在廉政署的大院里，进退两难。

该死的汤姆，你贿赂政府要员对我来说算不了什么，但你停了我三个月的薪水，我必须扳倒你这头猪！波彼得先生于是又来了勇气，埋了头，往廉政署里冲。

噢，先生，欢迎举报，想说点什么？有人铁着脸问波彼得先生。波彼得先生几乎吓了一跳。他想说他的上司汤姆先生往政府要员皮包里塞金条，有五磅重。可他说不出口。他只得应了一句：请问，斯密先生在吗？真见鬼！这儿没有斯密先生。那人不耐烦地答。

波彼得先生终于又回到了廉政署大院，做徘徊状。他为自己没有勇气软弱无能而伤悲，他没有利用他上司贿赂政府要员而把他扳倒。

波彼得先生十分失望地来到一家餐馆，要了一瓶白兰地，独自喝起来。就这样，波彼得先生喝得两眼发红。

波彼得先生摇摇晃晃来到廉政署。同样是那句“噢，先生，欢迎举报，想说点什么？”波彼得先生打了一个重重的响嗝，他说：昨天，我亲眼看到我的上司汤姆先生往政府要员约翰逊皮包里塞金条，具体时间是下午 4 点过 5 分，噢，该死！是 5 点过 4 分。约翰逊先生当时穿的是棕色皮夹克，打着蓝色鳄鱼牌领带，皮包是黑色的，和他的皮鞋一样黑，那块金条，足有 5 磅重！

这回，波彼得先生不但没有扳倒他的上司汤姆先生，反而背上了诬告罪，被判 8 年徒刑。汤姆先生那天往政府要员皮包里塞的不是金条，而是一个镀金相片盒。

自波彼得先生入狱那天，他秀色可餐的妻子便迁往他的上司汤姆先生家。是汤姆先生亲自开车去接的。

村　　戏

在湘西，正月里唱戏，由来已久。

尽管农人吃穿艰难，但正月里唱戏是绝对免不了的。村子里，没有文化没有长相不打紧，只要胆大，能哼上一段，便可上台演一番。

然而，这并非意味着这里的村戏就是草率扎台，马虎登唱。年前，村里要在方圆几个村庄，选一批胆大嗓好记忆力强的农人排剧目，条件好的，还可到外地请师傅，安排剧情和唱腔。

1942 年的正月，卧龙镇的戏班准备在镇里摆一场三天三夜的大戏。可到第二天下午，大戏刚唱到高潮时，就有农人尖着嗓子叫：不好了，日本佬来了！

沉醉于戏情之中的村人们完全不把叫声当回事，仍在痴迷迷地看，有些还骂是哪个狗日的在闹场子。

接着，又有尖嗓子在喊：日本佬杀人来了，快跑呀！

戏迷们被“杀人”两字怔了一下。人群就立刻骚动起来。而后，就洪水般地向外逃散。

台下的人越逃越少。台上出场的人也越来越少。就在戏班子离场之际，枪声真的响起来了。

班主与十来个戏子来不及卸装，拼命往后山的竹林里钻。

隐藏其中的村人们清楚地看到：长长的日本兵咿里哇啦吆喝着，见人就扣扳机，见房屋就点火……日本的队伍在呼啦啦地往前移。

三小时过去了，日本兵还未彻底走过卧龙镇。

满山遍野的树林里，隐藏着从卧龙镇逃出来的村人。

戏班主以及十来个戏子像发了疯一般，在山间忙碌地穿梭着。

忽明忽暗的天色之中，班主竟在第五个山头的丛林里，遇上了两个端枪的家伙。班主知道势头不妙，遇上土匪了，于是赶紧躲。不想，班主被一根树枝绊倒了，跌进树林里。两个端枪的土匪立即端枪吼着：谁？出来！不然老子放枪了！

班主怕土匪放枪，壮了胆子冲出来，口里啊啊啊地唱。两个土匪见树林里冲出来一个身着古代花袍的红花脸，当场“啊”了两声，顿时吓死在地上。

班主捡起土匪手中的枪，继续穿越在丛林里。

时至傍晚，十来个穿花袍黑红脸的戏子个个手里搂了枪，聚集在风山口。

后来，他们就凭着这身打扮，靠着手中捡来的土匪枪，在日本兵的行经道上，时隐时现，搅得日本佬魂飞魄散。

再后来，有人就根据他们的事迹，编了个新剧目，叫《花脸将军》。

至今，卧龙镇每年正月的村戏台上，都少不了要唱这个剧目。

钱·权·心

寒风疾呼，松涛怒吼。一条冰冷冷的路紧索着红水河边的太子山。一阵儿阴森，一阵儿空旷。

冰水急湍，波涛汹舞。一股凄惨惨的浪掀打着太子山下的红水河。一会儿起伏，一会儿平泻。

车轮在太子山的坎坷里跳舞。

马达在红水河的节拍中歌唱。

商人肥肥胖胖，口哨阵阵。时而谈买卖，时而谈金钱，说这台车还不及自己身上最外层的穿戴：× 万元。众人无不为之震惊。

官人斯斯文文，哈欠频频。时而论工作，时而论官位，说车内中人还不及自己手下第百个单位：× × 人。众人无不为之仰慕。

丑人邋邋遢遢，哀叹声声。时而念母亲，时而念病情，说阎王爷呀你不如把我收回去放过我母亲！老天哪！众人无不为之伤感。

突然，口哨声、哈欠声、哀叹声伴随着司机的尖叫声，一起跌进百米深谷。

太子山在挽留，镇住了滚滚而下的罪恶。

红水河在哭泣，流出了股股殷红的眼泪。

死神夺走了几十条生命，保留着死尸也保留着活魂：商人、官人、丑人。

灾难延续了无数个小时，没有人知晓更没有人来临：可惨、可恨、可悲。

死者无牵无挂。

生者有声有泪。

突然，河上漂来一叶扁舟。舟立一老翁。商人、官人、丑人大喜。大呼。

翁立三人前，道：此乃生死滩，能下行，不能上溯，下行能载一人，超者舟沉人亡。

商人听之，言：把我带走，给你报酬两万美元。

官人听之，曰：将我带走，保你今生荣华富贵。

丑人听之，哭：我不想走，求你掏我心医我母。

老翁听毕，抱丑人漂流而去。

商人在骂。官人在嚷。

太子山依旧巍峨。

红水河依旧奔腾。

真实的谎言

琳在路上的想象，不尽如人意。中堂的小门关着。家中那只麻鸡婆带了些崽在里面叽哟叽哟地叫。推开小门，鸡叫声变得更加杂乱无章。满屋子都是鸡屎。琳的心凉了半截。山道上想象的父母笑颜相迎的欣喜场面没有出现。

琳放下手中的红提桶,顺口而呼:“妈——”

“琳儿回来了?放暑假了吗?”很轻微的声音从房间传出。

琳推开妈住的房门,见妈躺在床上。

琳问:“妈,您怎么了?”

妈说:“不舒服。”

琳又问:“爸呢?”

妈说:“做工去了。”

琳就不再问。

琳将红提桶里的书整齐地放在自己的书架上,然后帮妈去打猪草。

尽管琳只是个十三四岁的女娃,村里的大人们见着她,仿佛遇了官人,都要笑眯眯地跟她聊上几句。村里的大人们心里清楚:在这样一个穷山沟里,这个琳居然在城里的重点学校年年拿第一,这是绝不可小看的。

临近朋子叔的家,琳发现有许多娃儿围在朋子叔的家门口。娃儿见了爹妈嘴里常常提起的“读书能人”琳姐,个个羞答答地笑。琳走过朋子叔的家门,后面跟了两个打赤脚挂鼻涕的顽童。问他们几句,却都咧嘴笑,不肯答话。

许久,琳问:“朋子叔家里干什么?”

两个顽童你瞧我我瞧你,还是笑。”

后来,一顽童说:“在打麻将!”

琳问:“打麻将?输钱吗?”

另一顽童说:“自摸6块,放炮2块。”

琳又问:“谁在里面打?”

两个顽童不答话。琳问了好久,一顽童说:“你爸。”

琳打了一筐子猪草回家。琳问妈,爸到底哪去了。妈说做工去了。琳说,妈,我知道了,你不要骗我了。妈就流泪。妈说那老鬼天天只晓得打麻将,昨天说了他几句，他就打人。

琳备了个大布袋，说："妈，我们这学期没什么假，明年要毕业了，学校抓得紧，后天要补课，我现在去同学家。爸打麻将的事，你管不了，就别管。"

琳背着大布袋径直来到朋子叔家。琳出现在牌桌旁时，爸正在掏钱给赢家。宝贝女儿的到来，令爸无所适从。爸只是尴尬地笑。

琳说："爸，家里都因我读书读穷了，害得您打麻将也不痛快。我想，我还是不读书了，我去深圳打工。"

琳讲话的时候，爸正在紧张地抓牌。等砌好自己的牌时，发现琳不见了。

爸问围观的顽童琳姐去哪了。有顽童说："往县城那条路走了。"爸听毕，倏地站起身，却被牌友黑娃拉住。爸一把将黑娃推在麻将桌上，甩着手出去了。满地都是麻将子。

爸往县城的那条路上追。不见琳儿。

天黑的时候，爸一脚踢开屋门，冲着妈骂："都是你干的好事！"

如果不是琳从房里冲出来，爸的拳头已重重落在妈的脸上。

望着宝贝女儿琳。爸哭了。

这是琳第一次看到爸哭的模样。

骗　局

金左脚还未来得及踏上这座陌生城市的土地，就迎来了一个男人。

男人比老朋友还老朋友地对他说："哎哟，老兄呀，今天终于在这碰上你了！”

奇怪？这男人我怎么一点印象都没有。金边应付边在脑海里翻想。

“老兄呀,今天到这来,是不是又有什么好事找我？”男人百般热情地拉着金的手,说话的声音很洪亮也很亲切。陆陆续续从车上走下来的人都往这里投了一下目光,似乎都在羡慕:多好的两兄弟!

沉默了片刻的金,终于与那男人有说有笑。金掏给男人一支烟,很热情地拍了拍男人的肩,说:好久不见了,今天我老兄请客！男人被金突来的举止怔了一下,接着又哈哈大笑,说:够哥们!

男人告诉金:他近来学了一套致富的绝招——纸片变现钞。金听后眼睛嘴巴似乎一般圆。紧接着,金说:老弟呀,我正愁没富路奔！中饭过后,你可要帮帮我。金紧紧握住男人的手,像遇到了救星。

横过了几条道,金与男人迈进了太阳石酒家。

“老板,点菜！”金邀着男人往包厢里坐,然后大声喊。

金的哥们义气挺浓:酒家里最拿手的几道菜全被他点上了,还要了瓶“茅台”。

几杯酒下肚,金又要点菜,被男人拦住了。两个人已要了十道菜,外加两条烟一瓶酒,价值够高的了。再要菜这小子身上的钱可就花尽了,我上哪去弄？男人边吃边这般想。因此,金几次要求添菜,都被男人劝阻了:老兄,够了,够了……

酒足饭饱。金便说去结账。包厢里饱嗝阵阵的男人就耐心地等,并想:今天你小子可栽了。

金并没有结这顿昂贵的吃喝,而是溜出太阳石酒家,逃之夭夭。

他狗杂种也不看看我是谁,敢在我身上打主意,你就等着收拾这个残局吧。金的脚步越来越快,马上就溶进这座城市的人群中。

鲁冰花

春暖乍寒，天气就是不一般，上午还有几线阳光投进柜台，下午就变得雾烟蒙蒙。

我和张芳正忙于结账，隐隐却听到抽烟般的“咝咝”声。我习惯地瞟了一眼柜台，令人好奇：一束挂满水珠的“发花”冒出柜台一个手指高，却不见其人。我起身往柜外俯视。柜台边站着一个衣着单薄双手捧腰的小女孩。

我问：“干什么？”女孩哆嗦着昂起头，是张挂满水珠的圆润小脸，眼里射出温驯的光。

我再次重复着问，语气却被她那张容颜刺得很委婉。但见她麻利地从裤兜里掏出一卷钱，说：“叔叔，我这钱放你这儿，行吗？我看到很多人都把钱放你这儿。”我双手接过带有几分湿气的卷票，放在桌上一数，总共1元8角2分。我正要问她多少钱时，她那颗湿漉漉的头已被一双黄黄的小手撑出了柜台，眼睛黑白分明。

“叫什么名字？”

“鲁冰花。”

“多大了？”好奇心促使我接着问下去。

“7岁。”

“为什么要存钱？”

“想读书。我的伴都读书去了。”

“你爸不让你读吗？”

“不是,他说没钱,生意亏了。”

“那你妈呢？”

“走了。”

“走哪了？”

“不知道。”

“为什么要走？”

“她说带她走的那个叔叔好有钱。”

“走多久了？”

“一年。”

“不给你钱吗？”

“给。被爸打麻将输了。”

“那你这钱哪来的？”

“给爸倒洗脚水奖励的。”

我把一张崭新的存折递给她,她不要,说:“叔叔,就放在这里行吗？往后有钱我再来,我好想好想读书。”说完,便消失在门外那雾茫茫的世界。

鲁冰花,多可爱的名字。这又使我想起歌手甄妮口中的《鲁冰花》:天上的星星不说话,地上的娃娃想妈妈……

第 四 辑

运 算 法 则

解释 / 味道 / 客气 /

童言 / 运算法则 / 重泪 / 日子

解 释

曾先红没红的时候，是局里的普通职工。曾先红的老婆是医院的普通护士。去年，王局长生病，误诊为肝癌，很多人对王局长丧失了信心，就没怎么去看望他。但是，曾先红的老婆经过反复摸底，察觉到了王局长的肝癌纯属子虚乌有。这让曾先红抓到了先机。王局长的病得到纠正以后，一大批人悔青了肠子，而曾先红却赢得了决定性的胜利。所以，曾先红就红了，就进了局里的党组班子。

红了的曾先红很快就上了路。对王局长的一举一动比对老婆孩子还要关心。

这天，读三年级的孩子在爸爸枕头边拿了一份材料（王局长的一个讲话稿），问：爸爸，“台阶”是什么意思？

台阶嘛，就是距离。比方说，王爷爷家门口有二十四个梯道，一个梯道，就是一个台阶。再比方说，爸爸的官比王爷爷的官小，这也是距离，如果王爷爷退休了，爸爸当上了王爷爷的官，爸爸就上了一个台阶。懂吗？

孩子眼睛睁得大大的。

爸爸，那这“循环”是什么意思？孩子接着问。

“循环”就是从咱家门口的左边，往王爷爷家里走，再从王爷爷家出来，再转到咱家门口的右边。从咱家门口的左边到王爷爷家，是个小半圆，从王爷爷家到咱家门口的右边，是个大半圆，两个半圆拼在一起，就是一个圆。圆是不是一个循环？曾先红做着手势解释道。

孩子点了一下头，算是明白了。但孩子马上又问：这篇作文上面有个“干系”，爸爸，“干系”又是什么呢？

“干系”嘛，就是关系。比如说，你见了王爷爷，叫“爷爷”，爷爷和你是爷孙关系。

“爸爸，那你为什么不叫王爷爷为‘爸爸’呢？”

“问得好！本来应该是这么叫的，因为爸爸和王爷爷都有工作，有工作的人，都要上班。有工作、要上班的人，就不必这么明明白白地叫了。”

“那不是不叫了吗？”

“要叫的，在心里叫，你们就可以在嘴巴上叫。知道了吗？”

“知道了！”孩子又问，“那什么是‘疲软’呢？”

“疲”就是“无力”，“死了”就是“软”。“疲软”就是非常没有力气，接着就死了。比如说，如果爸爸要当局长，不对王爷爷“有力”，爸爸就会死的。“有力”懂吗？就是要对王爷爷好，他需要什么，我们给什么，要把王爷爷当作比你的亲爷爷还要亲，不然的话，爸爸就会死的——

“爸爸，爸爸，我不要你死！你死了，我就没爸爸了！呜呜……”孩子急得哭了。

“蠢货！爸爸哪里会死呢？刚才爸爸讲的‘死’，是指爸爸不当官！”

味　道

本来，这道大门对我这么一个伸手行乞的人来说，是难以通过的。但是，门卫吃晚饭去了,我便乘虚而入。

里面的住户似乎都很凶。门一被敲开,不是露一副凶脸,就是一声不吭地将门关掉。有的还骂“滚!”讨了12户人家,仅得了一块钱,我几乎丧失了继续乞讨的信心。

我不抱任何希望地敲响了另一扇门。门里露出一张白白净净的姑娘脸。脸上还表现出亲人般的温和。接着,门被拉开,房间又出来一个年轻小伙。小伙将手搂在姑娘肩上,姑娘给了小伙含情脉脉的一笑。看来,他们两人肯定是一对。我想。于是就开口说:“阿哥阿妹开开恩吧,家里遭了水灾,现在来上门,施我钱来长福贵,施我米来白头人。”不一会儿,小伙笑盈盈地从口袋里掏出10块钱,往我手中一塞,我惊喜得忘了说谢谢,门便被“嘭”地关上了。

在我三年的乞讨生涯中,一次能够施舍10元钱的,还只有这一户了。为了报恩,我细心观察了这一户的地理位置。门旁有块号码牌:108。我默记着108, 108,一路发,一路发。

我心里暗暗牢记着这个108数字,随后就天天伴随着我沿街乞讨。我每时每刻都记着108。我衷心祝福108这对年轻的俩口子工作顺心,生活美满。

后来,我又几次来到这个单位门口,想看一看我的两个恩人,但连续几天都没看到。

牵挂久了,我的心就越发不踏实。一月后,我又乘机钻进这个单位,直奔108住户。我终于敲开门。露脸的正是那次给我10块钱的小伙。小伙见了我,脸色顿时凶了起来,吼着:“你这个臭叫花子,上次让你尝到了味道,现在又来了,还不快给我滚出去!”

我说:“我这次来不是向你乞讨,只是想看看你和你的媳妇。”

“实话告诉你吧,那次,是她第一次来我宿舍,我怕她不依我,说我小气,我给了你10块钱,出手算是大方的了吧。我让你尝到了10块钱的味道,同时,我也尝到了她的味道。不过,今天我告诉你,她的味道我已经尝够了!

既然她的味道我已经尝够了,哪还会有你的味道?还不快滚!”小伙子狼一样的凶。

看到他那要打人的凶样,我连爬带滚跑了出来。

每每碰到那些骂我们这些行乞的人,我就会在心里反复地安慰自己:环境不变,人心在变。阿门!

客　气

那天,他上街买菜,突然发现他的故乡人。他就说,毛贵你什么时候来的,上我家吃中饭去。他的故乡人毛贵嘴里虽说算了吧下次再来,但心里极希望跟他去一趟。昨晚住旅社时,身上带的钱被盗,城里举目无亲,现在连早饭还没吃,真是踏破铁鞋无觅处。为表客气,他还是顺口又拖出了一句:“去吧,你还没去过吧。”毛贵就照着他的心思说:“那我就不客气了。”他万般没想到他刚才那句无意的客套话竟有了效果。他只好表面热情内心骂娘地带着他的故乡人毛贵往家中赶。没办法,农村出来的,故人面前连客套话都不讲两句,回老家时别人会指着脊梁骨骂的。

他顺便买了些苦瓜、豆角、辣椒之类的小菜,他只想买点荤菜,可身上只带了七块钱,远远不够。他领着毛贵进了家门。刚刚出差归来的妻子背地里很不乐意地掏出二十元钱,要他再上市场买点荤菜,进了家门,毕竟就是客人嘛。

他心里暗暗骂狗日的毛贵脸皮竟然这么厚。他也后悔自己不该重复后面那句该死的客套话。

中饭过后，毛贵没有要走的意思，只是抽着他的翻盖烟呆呆坐在沙发上看彩色电视，边看边兴奋着。在那个边远山村，毛贵还是第一次看到彩色电视。他就这样静静地陪毛贵“欣赏”电视节目。真见鬼，今天又是星期天，如果是星期一，那该多好，他可以借故去上班，来启发毛贵“走”。

毫无兴趣的他陪兴趣倍增的毛贵看彩色电视。

他开始想怎么才能使毛贵“想走”，而且走的时候，他又该对他说些什么客套话。时间分分秒秒过去了。再过三个半小时，又到五点了，又该是弄晚饭的时候了。他知道，城里发往故乡的班车最迟时间是下午四点半。也就是说，他必须在三小时之内让毛贵“想走”。他苦思着让毛贵“想走”的各种办法。

一小时后，他捂了肚子，开始喊痛，然后就呻吟起来。他说他的老胃病又犯了，想去住几天院。他认为这样可以使毛贵“想走”。可是，毛贵并没有“走”的意思，而是像没了魂似的抚摸着他的肚皮，偶尔在屋里急得打圈儿。毛贵执意要背他上医院。他说他自己能走。毛贵为他提了住院的一些生活用品，搀扶他上医院。没有病的他，竟然很快就住进了医院。他骂医院这帮穿白褂子的家伙都是他妈的要钱鬼。

他使出的这一招，还是没看出毛贵“想走”的意思。他为自己的计划破产而深感痛苦，这种痛苦着重表现在他“哎哟哎哟”的呻吟声中。毛贵急了，说：“你病成这个样子，我得赶快回去告诉你父母。”他看了一下手表，已经是下午四点半，赶车已经没希望了。他说，这个时候去赶不上车的。毛贵说：“我上不了车，只有走路了，只要有一把手电筒，就行。”他又说：“明早再乘车去吧。”毛贵摇着头说：“我昨天住旅社，钱被偷了，身无分文。”毛贵这话像一根银针，深深地扎进了他的心。

毛贵走后，他坚决要求出院。这一晚，他和出差而归的老婆睡得很甜。

后来，他经常在大街上遇到故乡人。他常常说：“要不是我家老婆（或孩子或岳父或岳母）住院，我一定请你上我家吃饭去。”故乡人听了，都给予推辞和谢绝。

故乡人都反映他不错，挺客气的。

童　言

爸爸把果果从学前班里接出来，想抱起他。果果说，不，不，果果自己走。爸爸说，爸爸还有事，果果要听话，不然，爸爸就走了。果果站在那儿嘟了嘴，有点下不了台。爸爸一把抱住果果往家赶。

妈妈站在家门口，打扮得非常漂亮，见了爸爸，说，还不快点，都六点了。果果说，妈妈你要去哪？果果也要去！妈妈向果果奶奶挤了个眼色，然后把果果拉到奶奶一边。奶奶抱住果果，说，果果乖，奶奶和你去吃火腿肠。果果还是要去追妈妈。妈妈说，好果果，妈妈去给你买最大最好的生日蛋糕。奶奶也说，我们果果明天五岁了，是个男子汉了，看看我们果果多听话！果果眨巴着眼睛，总算放弃了。果果眼睁睁地看着爸爸妈妈扑咚扑咚下楼去。

王爷爷的寿宴比婚宴还要隆重。二楼和三楼全都坐满了。爸爸妈妈在屁股靠屁股的夹缝中试探着往里移。因为寿礼不轻，得亲手送到这位王爷爷手上。

这个时候的果果并没有和奶奶吃火腿肠。爸爸妈妈走后，果果就闹着去楼下大院玩。下了楼的果果很快就去了三单元一楼，那里有果果的好朋友朵朵。果果来到朵朵家，朵朵正在阳台上泪眼汪汪地等她妈妈。朵朵的外婆正在厨房里忙晚饭。果果找到朵朵说，出去玩一下好吗？朵朵说，不，我要等我妈妈。果果很了解自己的好朋友朵朵,因而也就放弃去大院玩的念头,陪着朵朵在阳台上等她妈妈。

果果对朵朵说:是不是你爸爸不要你了?朵朵擦了把眼泪说:你爸爸不要你了呢!果果说:那你爸爸为什么不回家?朵朵说:我爸爸有新妈妈了。果果说:你见过你新妈妈吗?朵朵把头点了一下,说:嗯!果果又说:那你新妈妈为什么也不来?朵朵说:我妈妈不让她来。停了停,朵朵又说:我妈妈说,我爸爸原来是好人,当官就变坏了。果果说:那你爸爸是坏人吗?朵朵狠狠地瞪了果果一眼,说:你爸爸才是坏人呢!果果又说:当官是什么?比妖怪还坏吗?朵朵摇头说:我妈妈说了,当官就不要妈妈了。

正说着,朵朵妈妈回来了。屋子里一下子有了生气。朵朵妈妈说,哎哟,果果也来了,在我家吃饭吧!朵朵外婆正在摆菜碗,张罗着留果果吃晚饭。果果看了看三个碗里的菜,将头摇了几下,就要回家。果果想起了奶奶对他说过的火腿肠。

吃了晚饭,果果在看孙悟空打妖怪。爸爸妈妈回来的时候,电视里的孙悟空和妖怪打得正起劲,果果忘了要生日蛋糕。奶奶对孙悟空不感兴趣,大声问爸爸吃饭的事。果果尖叫道:别吵了!别吵了!爸爸妈妈奶奶都看了果果一眼,一个个进了房间,在房里啰里啰唆说话。不久,电视里的《西游记》也演完了。果果进了房间,听爸爸妈妈奶奶说话。看到爸爸妈妈奶奶满面笑容,果果也格外开心,在房里走来走去。奶奶问,那么多钱他也收了?爸爸说,哼!像前世欠他的,真是个大贪官!果果听到"官"字,在那里停住了,翻了翻眼皮,好奇地问:爸爸,谁是大贪官?爸爸看了看妈妈,笑着将果果抱起来,亲了果果一口,然后轻声说,王爷爷是个大贪官。妈妈说,好果果,听老师的话,将来我家果果也当官。果果说,果果不要当官,当官是坏人!爸爸两眼望着果果,说,傻果果,你还不懂。果果说,爸爸也不要当官,爸爸当官了,就会有新妈妈,果果不要新妈妈!爸爸看了一眼妈妈,在果果屁股上轻轻地来了一掌。

两天后的早晨,爸爸带着果果上幼儿园。路上,碰到了一个大腹便便的老头。爸爸说,果果,快叫王爷爷!果果瞪着这个脑袋比猪八戒还要大的王爷爷,说:王爷爷是个大贪官!

王爷爷此时笑得像个要吃唐僧肉的妖怪,说:谁说的?

果果用手指着爸爸,说:我爸爸。

爸爸露着僵硬的笑,一下子不知从何说起。

运算法则

1. 减　法

春天的一天,张三遇到李四。张三说老兄来得正好,借我一块钱,买油正缺一块。

李四就借给张三一块钱。

许是张三忘了这事。可李四没忘,时时牢记在心:狗日的张三还欠我一块钱呢!

夏天的一天,李四遇到王五。李四说老兄来得正好,借我一块钱,买盐正缺一块。

王五就借给李四一块钱。

许是李四忘了这事。可王五没忘,时时牢记在心:狗日的李四还欠我一块钱呢!

秋天的一天,王五遇到马六。王五说老兄来得正好,借我一块钱,买柴正缺一块。

马六就借给王五一块钱。

许是王五忘了这事。可马六没忘，时时牢记在心：狗日的王五还欠我一块钱呢！

冬天的一天，马六遇到张三。马六说老弟来得正好，借我一块钱，买米正缺一块。

张三就借给马六一块钱。

许是马六忘了这事。可张三没忘，时时牢记在心：狗日的马六还欠我一块钱呢！

一天，张三再也忍不住了，就厚了脸皮找马六要，说：马六，你还欠我一块钱呢。

马六拍了一下头说差点忘了。马六接着说，王五还差我一块，你直接找他要吧。

张三找到王五，说明事由。

王五拍了一下头说差点忘了。王五接着又说，李四还差我一块，你直接找他要吧。

张三找到李四，说明事由。

李四拍了一下头说差点忘了。李四接着又说：你狗日的张三不是差我一块钱吗？

张三拍了一下头说差点忘了。张三接着又说：一层一层减掉了，咱们谁也不欠谁的了！

2. 乘　法

那时，他是个普通职工，见了主任，就一根烟接一根烟地递去。主任就记得了他。因此，主任就千方百计提他当班长。

班长见到股长，一包烟接一包烟地甩去。股长就记得了他。因此，股长就千方百计提他当主任。

主任见到科长，一条烟接一条烟地塞去。科长就记得了他。因此，科长就千方百计提他当股长。

股长见到处长，一箱烟接一箱烟地送去。处长就记得了他。因此，处长就千方百计提他当科长。

科长见到局长，想一车烟接一车烟往局长那儿送，但不是个办法。于是利用自己掌管的财会大权，时不时地往局长手里送购物卡。

科长送的购物卡，金额越搞越大，局长就被他送掉了。

结局很明显：科长不仅当不了处长，反而跟着局长一起进了班房。

3. 除　法

锅炉房负责看水表的水表员甲找厂长反映，说水表员工作虽然轻松，但一天到晚24小时得守，要求增配一个人员，每人值班12小时。

厂长就答应了。

锅炉房就增配了水表员乙。甲乙一合计：现在都提倡八小时工作制，若再配一名水表员，24除以3不就恰恰是8吗？于是甲乙找厂长反映。

厂长考虑了一下，又答应了。

锅炉房就又配了水表员丙。甲乙丙再合计：现在推行双休日，每日上班时间只合6小时，若再增一名水表员，24除以4不就是6吗？于是甲乙丙再找厂长反映。

厂长考虑来考虑去，答应了。

锅炉房就再配了个水表员丁。

甲乙丙丁6小时班，轮流转。

可是，这种轮班方式运行不到一个月，锅炉房就被炸成了一片废墟。

事故查明：甲乙丙丁交接马虎，锅炉长时间没放水。

重 泪

路边的野草活了，地头的苔鲜绿了，布谷鸟也就叫了。

就那么几天工夫，布谷鸟便叫绿了满山遍野。

我们的村庄跟着热闹起来。情形大体上与往年没什么两样，照例是老队长趿着他那双油光发亮的黑棉鞋站在田埂上喊工：今天割田草！

老队长的话就像母亲喊开饭一般，令农人们忙碌起来。凡是能够上山的，几乎都出了门。

碧绿的山头随即摇晃起来。

刚刚长绿的树叶也就成了农人们肩上的挑物。

每当这个时候，我四个姐姐的八只嫩手便会划出无数道伤痕，变得血迹斑斑。唯一让我庆幸的是排我后面的有个宝贝弟弟。弟弟年纪小，自然要人照看。当父亲母亲动员四个姐姐上山割草时，四姐总是羡慕地说我：你倒好，在家能够看弟弟。那眼神像是恨不得让自己小上几岁似的。这我知道，因为出生的先后，我捡了个天大的便宜。

然而，弟弟也不是那么好照看的。虽然他能够自己走路，然而怕的却是屋边那口水塘。弟弟最喜欢去那里。那口水塘在村里是个很忌讳的东西，已经淹死了两个孩子。父亲母亲出门的时候，总要牵着我的耳朵教导我：千万不要翻眼，招架好弟弟，千万不要去塘边！

父亲母亲的话我几乎听出茧来了。因为我在这件事上已经挨过无数次巴掌。

唯一能防止弟弟去水塘边的办法，就是有选择性地陪他玩，哪怕再枯燥，也得这样干。

捉了迷藏后，接着是玩套狼的游戏。

套狼的游戏地点通常是在我家阁楼上。那里有几间旧木房，躲起来，不易被人发觉。弟弟是不会让我扮狼的。他常常张牙舞爪地向我这个善良的猎人扑过来，将我按倒在地，然后忘命地乱抓一通，待我挨了痛，不耐烦地大叫"不来了！不来了！"时，他才肯松手。然后又是讨好地嚷着继续玩游戏。最后是"狼"自己将绳子绑在腰上，丢出一端要我去拉。我在一边拉绳索，弟弟在另一端拼命往外挣。这便是将狼套住了。这也是套狼游戏里最精彩的一幕。我们激烈地拉与挣，惊动了楼上一窝蜜蜂。一只蜜蜂蜇在我脸上，我痛得赶忙用手去拍。就是这一拍，我犯了一个不可饶恕的错误：狠命往外挣的弟弟，终于挣脱了我手中的拉绳，从楼上摔了下去……

弟弟直挺挺地躺在地上，很久才出声。但嘴里只是嗯嗯嗯地说不清楚。

尽管我吓得呜呜大哭。可山上的父亲还是来了，手里操了根很粗很粗的棍棒。

我的哭声于是沿着村里的田埂往山那边延伸出去。当然，父亲的棍棒也在后面不停地挥舞着。

是我那双勤快的脚，免去了屁股上的痛。我虽然朝狗毛冲方向跑，但我并没跑到尽头，而是在竹叶坡水库上了山。我慌忙地躲在一簇树叶里。可我那只该死的破凉鞋就在那时和一块石头一同滚下山去，只听到石头"扑通"一声滚进水库里。

我强忍着抽泣，异常担心自己被暴露。父亲却出现在对面的山路上。父亲在竹叶坡水库的大堤上立了足。乌黑的水面上，还泛着刚才尚未消逝的圈圈水纹。我那只破凉鞋，已经浮出水面。

呜——

这时，我清楚地看到父亲边哭边往凉鞋方向奔。

我用心关闭的嗓门此时又如决了堤的坝。我的哭声比先前高了八拍。

虽然父亲此时又凶了脸，朝我躲藏的地方，步步逼近，但我全然没一丝畏惧感。相反，我早已把父亲即将来临的耳光，当成了他曾经给我的扎胡热啵，期待着那一阵幸福的痛。

日 子

鸡叫过三遍，秀秀起了床。秀秀挑了筐，踩着村里人的梦，上了菜地。家里那只黑子狗，紧随其后。秀秀有块很大的辣椒地。尖尖的青椒，挂满枝头。秀秀惦着这笔收入。今天是板木溪赶集，正好可以卖辣椒。秀秀起床时，就对死猪一般的良子说：我去摘辣椒，你弄早饭，把猪也喂了，还有青良。良子翻了翻眼皮，嗯了一声，侧过身，搂着青良继续睡。

秀秀把昨晚和良子商量好的事安排得很有节奏。

秀秀挑着满满两筐辣椒进屋时，屋里没一点火星。鸡窝里的鸡，叽噢叽噢地乱叫。良子还在床上打呼噜，很响，像夜里的狗探到生人时所发出的初吠声。青良露在被子外面，鼓着大眼睛在欣赏良子犬吠般的呼噜声。秀秀捏饺子一般地在良子脸捏。良子挨了痛，跳了起来，骂道：你疯了？！

到底是我疯了，还是你疯了？就知道睡黄牯！秀秀没有好气。

你还骂？我几巴掌，扇死你！良子很像村里的那些男人。

你扇呀！扇呀！秀子把半边脸送给良子。

“啪”的一掌。良子也不知道自己的手是怎么打出去的。

秀秀对这一掌虽然很期望，但没料想到竟会这么快。秀秀“哇”的一声，抱着半边脸，冲出房门：这日子真是没法过了！

秀秀悲着声，懵懵懂懂往村口跑。每跑一步，秀秀都感到心里有股悲后的快感。她要离开这个鬼地方，离开这个千刀万剐的良子。

村里人眼睁睁地看着秀秀呜呜跑出村口。良子也没去追，仍在屋里青着脸，不吭声。青良在床上哭，也许他把屎尿拉在了床上。

这条路通向板木溪，也通向秀秀的娘家。杉木湾是个岔道口，去娘家往左走，上板木溪往右走。秀秀在岔道口停了停，脸上虽没了痛，但怨气还在往上冒。秀秀很快就决定去娘家。她要离开那个短命鬼，她也不想让后面的赶集人看到她那伤心的样子。就在这时，秀秀家那只黑子狗跟过来了。秀秀不吭声，十分执着地往娘家走。

秀秀所走的路十分荒凉，杂草丛生，满目苍松。山道里卷起了一股又一股松涛。黑子狗在秀秀前后，停停走走，奔奔跑跑，一会儿在这棵树下闻闻，一会儿在那簇林里狂叫，始终不离开秀秀。许多事情想起来，现在都变得很伤心。伤心的事从各个侧面，刺痛着秀秀的感觉神经，这就更加坚定了秀秀往前走。

灯笼般的太阳慢慢挂到树梢上，秀秀来到了古鹰岩农场。这是山道上林木最为密集的地方。古鹰岩农场荒废到了极点，原来的几间房子已经倒塌，只剩一间小茅房，就在路的下方。茅房外有个水塘，一个老头正坐在水塘边，身边还躺了条黄狗。秀秀不知道这老头姓啥。两年前，秀秀出嫁时路过这，也看到过他，送嫁人还给了他一把喜糖。黄狗很机警，冲着秀秀发出汪汪的叫声。接着，黄狗便和秀秀家的黑子对吼起来。老人吼了一声他的黄狗。狗们便停止了仇视。老人头也不抬，猫头鹰似的蹲在水塘边，仿佛没了秀秀的存在。

秀秀择了块青石板，坐在路口，她很想与老人说上一句，哪怕是一个字。人在受气之后，很想与人说话，很想与人倾诉。秀秀也是这样。

天气不冷，老人却穿了厚厚的棉衣，袖口开了洞，裸露的棉花已经谈不上白了。老人的帽子很传统，锅子状，两个帽耳耷拉下来。水塘静寂寂的，也没有蜻蜓来点水。黄狗已经变得很友好了，它和秀秀家的黑子在互相咬尾巴，黑子调皮地翻倒在地，黄狗就用脚踩它肚子，它们相互变换着角色，一副很亲近的样子。老人从怀里掏出一个塑料袋，左手托了袋子，右手慢腾腾地伸进去，摸出一张剪好的小纸片，接着又伸进去，捏出一撮烟丝。老人把烟丝放在摊平的纸片上，抖动着双手卷了起来。不一会儿，一个小喇叭就卷成了。老人似乎不太满意，又松开那个小喇叭，再次慢悠悠地卷着。老人用舌头舔了舔小喇叭，粘住纸头，又用手指撮了撮喇叭口，然后将小喇叭塞进嘴里。老人抖动着双手，划了一根火柴。火苗在老人双手窝成的手心里点燃了那个小喇叭。烟雾从老人的鼻孔里钻了出来。这时，水塘里的小白点动了动，老人悠然地抓起身边一根竹竿，慢慢往外拖。一条小鱼被拖出水面。老人从茅房里端来一只木盆，将钓着的鱼放入盆里。鱼在老人悠然自得的生活中走向死亡……秀秀在这一坐，就是几小时，她也不知道自己为什么。

老人终于说话了，他说：妹子，下来吃点吗？

秀秀说：不了，我吃过了。

老人又说：这么早，你要去哪？

秀秀说：我是来找我家的狗，现在找到了。

老人露出黑洞洞的嘴，笑道：妹子，你真傻，狗是通人性的，它知道回去，何必找呢。

秀秀不管她家那条狗了。她要回去。连回答村里人的话，她都想好了：我家良子发高烧，我出来给他抓药。

第五辑

季节人生

好 人

一海碗米粉,不出5分钟,便成了一碗汤。

付了粉钱,横过马路,吴炳顺一口气爬了27级楼梯,钻进办公室,开始上班。

屁股还没坐热,就有一位六十挂零的大娘在吴炳顺眼前晃动。

吴炳顺被这张不请自到的陌生容颜刺了几下,旋即,吴炳顺马上用机关语言问:找谁?大娘说就是找你。大娘说,同志,你是不是刚才在对面米粉店吃了米粉?吴炳顺就说是。大娘问他是否丢了东西。吴炳顺往口袋里摸了摸,说,没有。大娘就把那个原本棕色现已磨损近三分之二的钱包递给他,说,是不是你丢的?吴炳顺双手接过钱包,一口气吐出十多个"谢"字。

吴炳顺就开始把大娘当亲人看。沏茶。让座。

大娘桌上的茶水干了又添,添了又干。大娘总是满面笑容望着吴炳顺。这种局面,足足有半小时。

吴炳顺开始想到自己的马虎之处:尽管钱包里只有3元钱,但还得感谢这位拾金不昧的好人。

于是,吴炳顺就掏了10元钱给大娘。大娘笑了笑,不收。吴炳顺被大娘这种不计报酬的精神所感动,于是又加了10元钱。吴炳顺根本没想到,大娘的动作竟然如此敏捷,从他手里"夺"过这20元钱,头也不回,下了楼。

吴炳顺坐在办公室里,两眼瞪着那个用了八年之久的破钱包,发呆。而后,吴炳顺取出其中夹藏的3元钱,无可奈何地摇了几下头。趁科里没人之际，吴炳顺推开窗户，像甩铁饼一样将破钱包甩出去。

第二天下午，吴炳顺正忙于看报。门口来了一位年轻人。

年轻人说：请问，哪位是张大海副科长？

吴炳顺带着年轻人到隔壁的科室找张大海副科长。

张大海副科长说，找我有何事？

年轻人说捡到一个钱包，里面有你一张名片，因此就找到你这来了，想把它还给你。

张大海副科长很惊讶地接过那个原本棕色现已磨损近三分之二的钱包，瞧了瞧，说，这不是我的钱包。但那张名片却是真的，是张大海提副科长一月来第一次赶印出的名片。虽然说那个破钱包不是他张大海的，但张大海副科长还是很热情地握着年轻人的手说了数句“谢谢”。

年轻人说：为了找你这位不是失主的“失主”，我整整跑了一个上午。

张大海副科长就开始被感动起来，给了年轻人一支烟。

年轻人又说，你这里真难找，我差不多转了一个上午的车，头都转晕了。

张大海副科长听后就更加感动，从口袋里掏出20元现金，准备感谢这位年轻人。年轻人并没有接过这20元钱，而是继续说：本来，今天上午我那住院的母亲动手术，但一想到丢钱包的人那焦急的样子，我就什么也不顾了。

张大海副科长对眼前这位大好人很是敬佩，准备再从口袋里掏些钱，感谢这位大好人。

吴炳顺赶紧说，这破钱包不是你的，你干吗管它呢！

年轻人迅速接过这20元钱，匆匆而去。

张大海副科长大呼：慢，慢！

年轻人下楼的脚步在加快。但还是被张大海副科长扯着了衣角。年轻人脸上冒出一层汗，仍在拼命挣扎。张大海副科长也在拼命挣扎着往年轻人口袋里再塞20元钱。这下，张大海副科长心里觉得好受了几分。

望着这位大好人贼一般地离去，张大海副科长心里又自责起来：为什么不留他吃顿晚饭再走呢！

张大海副科长返回科室时，那个破钱包已被人丢在火盆里，烤出异常难闻的胶味来。

坏 种

九曲湾什么都好，就是出了个坏种灰鼠。

其实，灰鼠他爹在世时人勤心善，可就不晓得前世做了什么孽，搞出来个坏种灰鼠。灰鼠小的时候，大家还敢揍他：你这个坏种快把拉在灶旁的那堆臭屎弄干净，要不然我揍扁了你；你这个坏种放干了我稻田的水，还不赶快将水口封上，否则我要你的命；你这个坏种往我谷堆里塞沙砾，我让你血往口里喷……

灰鼠大了，坏的方式有所改变，专干小偷营生。先是偷外人，然后偷得什么人也不认，本村的也偷，有钱偷钱，有鸡偷鸡，有狗偷狗……九曲湾人只要哪家丢了钱物，就会见了灰鼠骂天：是哪个没良心的坏种，偷了我的东西。很多人还敢指着坏种的鼻子问：灰鼠，是不是你偷了我的东西？尽管百分之九十九的问话人所丢的东西都是他灰鼠偷的，但因没根据，问还是等于白问。然而还是有几次人赃俱获，就骂他个狗血淋头。

和灰鼠一般年纪的人都当了爹，灰鼠还是个光棍，一来是他讨不着，二来是没女人敢跟他。对此，灰鼠全然不当回事，而是安安心心坏他的模样，小偷不干了，却干起了拦路抢劫的行当。他愿意用一条命的代价从你口袋里要他的吃喝。因此，九曲湾人都不敢惹他，甚至连放个屁都不敢在他面前放，否则有你好受的。终于有一天，九曲湾来了一部车，车上下来几个背半斤铁的平顶帽,将灰鼠铐走了,九曲湾从此轻松了许多。

但一年过后,坏种灰鼠又回来了。回来后的灰鼠在九曲湾人面前晃来晃去,于是就有人说他灰鼠是个好汉,越来越多直到百分之百的九曲湾人都说他灰鼠不错是个好人,因为灰鼠身上整天撇了一把雪亮的刀,浑身杀气。九曲湾人于是就长期地说他灰鼠比哪家的儿子都听话。这样的口碑下,灰鼠撇刀的日子,也就日复日地少……

今天,坏种灰鼠不再是个坏种,他已是九曲湾的大恩人:办了个机砖厂,让九曲湾人的腰包一天一天地鼓了起来,还出资6万元,给九曲湾安了自来水、装了有线电视。

人 性

一个转干指标就像一滴水掉进了热油锅,把A厂掀得沸沸扬扬。

工龄必须在30年以上这个先决条件,就像一把筛子,把全厂345名职工筛来筛去,最后还是有12人被保留下来。也就是说,这12人中将被再一次筛去11人。这12人的具体情况是:科长7人,副科长4人,至于那个没带"长"的就是收发室的王老头。转干指标只能在7位科长中产生,这是全厂人士心里共有的谱。人们拭目以待。

王老头本名王二狗,放牛娃出身,1948年解放军上鸡公山剿匪,王二狗给解放军带过路,后来却被解放军带到革命的路上,干了一年多情报员,全国就解放了。再后来,王二狗就被安排到A厂,由于文化水平低,长期任

A厂收发员，送送报纸发发信什么的。他常说他给粟裕将军送过多年信。人们开始对他有点敬佩，认为将来或许有点名堂，但后来特别是几次转干机会中，人们要他给粟裕写封信，求求情，他以没有面子为由，拒而不试。由此，人们就怀疑他是否给粟裕送过信。尽管他常这么说。

当然，在这次转干机会中，人们再也不去劝王老头给粟裕写信了。王老头也知道自己没那个福分，因而仍然是收收发发，悠然自得。然而，王老头病了，病得连全厂上下几百号人都不知道他病了，直到三天后有人发现没有新报纸看为止，因为大家的目光时刻都在关注着那个转干指标归谁所有。转干指标就像一根救命稻草，令王老头以外的11位竞争者你争我夺。厂领导为此召开过三次厂务会都定不下来。

这天，第四次厂务会正在为这个转干指标做最后定夺。王二狗的老婆哭丧着脸走了进来，后面还跟着个白大褂。白大褂从口袋里摸出一张纸递给厂长，随后咬着厂长的耳根沉痛地说：王二狗同志身患癌症，已经晚期，怕只有三个月了。白大褂最后一再嘱咐王二狗老婆及同志们要保密，千万不能让王二狗同志知道。

白大褂的到来，立即改变了厂务会在座的包括11位竞争者的面容，特别是王二狗老婆那几声悲切的呼喊，令人发憷。会议出现了转机，11位竞争对手相继说王二狗同志是个革命的好同志，纷纷表示自己愿意放弃这次转干机会并要求把转干指标让给王二狗。

众人一词，指标干脆利落地进了王二狗的人事档案。

十天后，王二狗出了院。人们很是敬佩这位革命老同志，并打心里舍不得这位即将告别人世的老黄牛。

这段时间里，人们有事没事要到王二狗的收发室里转一圈，问问他的身体和生活情况，或者改呼王二狗为王老，以寄托他们对这位即将死去的活人的祝福和怀念，当然也想求得他死后对他们的保佑和恩典。总之，出院后的一切一切，都使王二狗同志感激万分，以至于王二狗两次向领导要求：同志们这么看得起我，我就不要这个转干指标了，把它让给同志们。领导再三解释:这是同志们的心愿,当然也是因为你的工作成绩和革命资格。

两个月过去了。按照医生的推断,这个月将是革命同志王二狗的不幸期。因此,全厂的人都对王二狗表现出了极大的关怀和同情,甚至有的开始送钱送物了。王二狗也被感动得掉了三次泪。他仿佛才知道人们还是那样敬仰革命老前辈。

三个月过去了,王二狗还是那个王二狗,而且比以前更加利索,更加结实了。人们开始在心里编制一个个镰刀似的问号。又是一年半载,王二狗依旧是他王二狗,并非他们想象中的死老头。于是就议论纷纷,特别是那11个转干候选人已经表现出了极为悲伤的情绪。后来,他们派人到医院找那位姓白的医生探问王二狗的病情究竟。院长叹道:是不是那个叫白伟的?他是个实习生,误诊三人为癌症,现在我们把他辞走了。知情后, 11位候选人暗暗在心里骂自己是庸才是白痴是……

王二狗往后的日子恢复如初,再也没人有事没事到王二狗的收发室里转一圈,问他的身体和生活情况,更没人给他送钱送物了。

在人们印象中,王二狗像真的死了。

季节人生

1

那年春天,河那边过来一人,捏着大把钞票来到他家,说是要抱他去做儿子。

爹娘无言。

来人用糖哄他走。他哭。来人说，到我家去，你就是小皇帝，吃啥有啥，穿啥有啥，玩啥有啥。他还是哭。不从。

爹娘哄他：去吧，去了，就可以少挨点饿，少受点冻，还可以为哥哥、姐姐、弟弟挣点钱糊口。他哭得很伤心。

来人抱起他，说跟我走吧。他大呼：爹，娘，我不要吃饱，我不要穿好，我不要这些钱，我要你们，我要哥哥、姐姐、弟弟、妹妹。

来人抱他走，他挣扎。

来人继续走。他咬下了来人半边耳朵，痛得来人不得不放下他。来人很气愤，要回那把钞票，走了。

2

这年夏天，河那边过来一顶轿，大大方方抬进了他家，轿里走出他梦寐以求的女人。

爹娘欢心。

女人后来冲他发脾气。他问。女人说，树大分杈，家大分家，男男女女，老老少少，心不由己。他点头。赞成。

爹娘劝他：孩儿，你要把我们分开，我们没办法，家产由你挑，想挑啥就挑啥，我们都没意见。他笑得很开心。

女人悄声开导他，说，只要存款。他就说：爹，娘，我不要米缸，不要铁锅，我什么物品也不要，我要存款，哪怕一角一分。

女人假意规劝他。他硬要。

女人再劝他。他给了女人一记耳光。女人独自一人跑进房。女人很高兴，说这办法真灵。

3

后来冬天，河那边过来一个人，背着“十”字箱来到他家，说快带我进去看看病人。

儿女无言。

来人用听筒检查。他叹。来人说你儿女满堂，就没人料理，周周围围，乱七八糟，邋里邋遢。他就哀叹。苦笑。

儿女问他：老爸，上次给你的钱是否都用完了，不够就开口，我们大家有的是钱养你。他应得很勉强。

来人羡慕他，说你真享福。他尖叫：儿，女，我不要孤独，不要营养，我不要这些钱，我要你们，我要家庭儿女们的温暖。

来人解释着。他不听。

来人就劝他。他怒骂来人你晓个卵。只知道治身，不知道治心。来人很认真，张耳聆听，有点发呆。

善　报

元末明初，白马山庄的曾大老爷可是个了不得的大富翁。红砖碧瓦，良田万顷，妻妾成群，山珍海味。曾家祖谱上有过记载：腊月十五，有小狗发情，狗急跳墙。曾遣二人外出百里，耗银两八十，购无子母犬十只，以足其欲。

许是曾大老爷那事过于频繁之故，女人虽多，产子却少。曾大老爷四十那年，得一子，取名曾鹏。曾鹏年少，性格怪异，厌肉食，厌衣着。因而就落得皮包骨头，上下黝黑，从远处看，像根木炭。于是，曾大老爷有令：养其身，端其装。只因曾鹏孤僻难改，很难与人沟通，弄得保姆两天换一个，三天换一双。

日出日落。曾鹏就常常逃避保姆的视线，偷偷去二里之外的末庄游戏。末庄与其说是个庄，倒不如说是个穷人窝。末庄的孩子个个枯瘦黝黑。曾鹏入末庄，其形其体酷似末庄娃儿。末庄娃们就视曾鹏如兄弟。每每看到娃们吃粗喝淡，穿薄戴旧，曾鹏就问：为何要这样？娃们答：家贫无奈。曾鹏就格外同情，偷出家中好食好衣，分给娃们享用。日子一久，曾大老爷就知道了，大怒。令保姆严加看守。三日不见难兄难弟，曾鹏就闷得发慌，后又变得茶饭不思。曾大老爷无奈，只好随曾鹏去了。

贫富相殊，经风历雨，牢牢烙印在曾鹏幼小的心灵。为何劳作人缺吃少穿？为何闲养人无忧无愁？世态不平，世道不公呀！终有一天，曾鹏向曾大老爷吐出了自己的心声。曾大老爷不悦，闭口不答。曾鹏再问，“啪”地就是一耳光。曾鹏捧着那张五指印，哭：贫舒我心，富亏我心。

过十年，曾大老爷归西。曾鹏悲痛中生发兴奋，认为时机已到，于是请风水先生葬父于阴沟，以期子子孙孙，做平凡劳作之人。

曾鹏所为，震动阴间。阎王桌子拍得山响：此乃为我阎某初遇的怪货。阳间之人，为名为利，为荣华，图富贵，不惜尔虞我诈，你杀我砍，今有斯人，该当善报。说罢，阎王令命官连转曾大老爷的坟地风水，以佑后人，代代荣华富贵。

弹指三十年，曾家非但没落得贫潦，反而人才辈出，家大业大。

据说，清代大功臣曾国藩，便是曾鹏的第 N 代子孙。此事难考，却在南方的一个山村，广为流传。

信

他和华同在一个科室。因为五个人的科室就只他和华两个兵,所以他俩就很要好,像亲兄弟般。华比他小一岁,他就称华为华老弟。之所以称老弟,因为他俩确实不小了,华28,他29。

在这个科室就只他和华文凭高,他中专毕业,华本科毕业。因此,日常工作中唯一能体现知识渊博的就只有看报。科室订阅的党报和《参考消息》,他和华争着看。时间一久,他俩就自个儿上收发室去取。这天,华外出办事了,上收发室取报纸的事,就非他莫属。

报纸里夹了几封信。在这个科室,他虽然没有爬上去的希望,但拆拆每天寄给他科里的公信还是可以的。他想。又是温州寄来的铜章广告?他双手将这封信拧成一个球,往废纸篓里甩去。哼!骗人!他将本地一家百货大楼寄来的“高档皮衣优惠购买券”连同信封又拧成一个球,往废纸篓里甩。一件皮衣5880,顶科室人三个月的工资,谁买得起!他一点不为这家百货大楼所谓的“优惠券”所诱惑。

他把第三封关于低价销售妇女丰乳器的广告,连同信封撕得粉碎。简直在嘲笑我,老婆都没着落,还买你个球!

他匆匆撕开第四封信,也就是报纸里面的最后一封信。

当他看了这封信时,才意识到自己已经犯了错误:收信人不是他的经管科,也不是他郭全海,而是华。写信的人他当然熟悉,就是他近来梦来梦去的梅。梅是华的朋友,他是通过华认识梅的。虽然只见过两次面,但他却忘不掉:鸭蛋似的脸,藕节似的臂,山峦似的胸,锅底似的臀……

这信没透露出很肉麻的内容,只是说要华上她那去一趟。狗日的华可能和她拉上了!梅的这封信,给了他很多思索。就这么将信交给华?不!那单位不就我郭全海一个老光棍吗?何况私拆他人之信是犯法的……这封信使他为难了好几天。他使出了不得已的一招:烧。他想这样也许会更好。

半年过去了。他遇见梅。梅在他面前依然是那般红脸。

梅说:华怎么这么久没来呢?是不是又和小芳好上了?

他说:你真好,还这般恋着华呢。

梅笑得很苦,说:傻瓜,我和华同窗十几年了,如果我们有恋情,早就结婚了。

原来是这样!华没来,我不是来了吗?他壮了胆子说。

可是已经晚了,几个月前,我写信要华来一趟,目的是想更清楚地了解你。梅低了头说。

了解我?

他的身子顿如泄气的球。

乡 音

二狗是野猪坡15户人家76人当中唯一吃皇粮的家伙。论福相,狗日的二狗虾米眼,虎背腰,半天放不出个响屁,可他硬是靠自己的本事考进了财院，而且进了县委机关，还当了个财办主任。

这无论如何是野猪坡人的骄傲。

于是，二狗便成了野猪坡人处理对外关系的一块招牌。不是吗？村里鼠六偷树被岩屋村的人抓获时，野猪坡人就是打了二狗的牌子，才免于被罚被关被拆房子。

二狗很少回村，但野猪坡人非但没有淡忘他，反而愈加默念他。二狗从小死了娘，是爹一手抚养大的。本来，二狗工作的第二年，就要爹跟他上城里过生活。二狗爹说：不了，不了，城里太吵，我过不习惯。二狗就说也好，我工作忙，今后回家少，你自个儿要保重身体，我每月给你寄 100 元钱。从此，二狗真的很少回家。

直到二狗娶了媳妇后，才正儿八经回来过一次。这天，野猪坡男女老少塞满了二狗爹的老屋。一位眼角满是眼屎的老头凑到二狗跟前，兴奋地说："二狗，你还认识我吗？"二狗说认识认识，并立即告诉老婆呼那位老头为"全旺太太"。全旺随后把屁股后背躲藏的那位满身黑泥一丝不挂的小男孩往二狗夫妇面前一推，说："认识他吗？"二狗仔细瞧了一下，但见小男孩鼻孔里抽动着两条筷子粗的黄鼻涕。男孩似乎有点害羞，抬起右手往鼻子上一擦，黄鼻涕便被拉成一道线，紧紧地贴在右脸上。屋里围观的人顿时哄笑起来。全旺说这个是我孙儿，按辈分你应该叫他爷爷。二狗微微笑了笑，然后挤到爹那间房里，从一个大袋里掏出三袋水果糖和几包云烟，一个一个地分给大家吃，散给大家抽。糖是硬糖，牙齿好的，嚼得山响，没牙的，却含得津津有味。

"二狗，你和你老婆多少钱一个月？"全旺问。

"400 块左右。"二狗答。屋里爆发一阵"噢"的羡慕声。

"那你们天天吃啥子？"有人问。

"还不是吃饭，早晨吃包子馒头。"二狗说。

"吃肉吗？"全旺说。

"吃，每天都有。"二狗说。屋里就有人把嘴舔得啪啪响，有小孩，也有老人,文雅一点的就暗地里咽口水。

“你现在坐办公室当主任,天天干啥事?”全旺笑着又问。

“开会。”二狗说。

“天天开会,哪来的吃的?”全旺好奇地问。

“国家给工资啦。”有青年人纠正道。

“可他们吃的还是饭,饭这东西,还是我们农民生产的,二狗,你说是吗?”全旺把话题扯向二狗。二狗点头。全旺于是就十分满足,骂那个青年人懂个卵。

二狗夫妇在野猪坡只住了两个晚上,就说是工作忙,回城了。全旺对此很不理解:天天忙开会,难道开会能变成米饭吗?

一年后,二狗在县长面前坚决要求下基层当乡长。县长拗不过二狗,二狗就当了马坡寨乡的乡长,他的故乡野猪坡属他管辖。从此,二狗回家的机会慢慢多了起来。两年后,马坡寨乡在二狗的领导下,办了几个工厂,村里的公路也修通了,电也安上了,粮食翻了番,乡亲们的腰包也鼓起来了。

但马坡寨人特别是野猪坡人不理解:狗日的二狗,好好的一个财办主任不当,肯定是在城里犯了错误,充到我们乡里来的。

每每听到这些议论,二狗总是默默地笑。

晚　上

我和老婆孩子从岳母家吃过晚饭回家时，街上夜市开始收摊了。

单位院内的路灯在黑暗中发出一束束灰色的光。

老婆孩子顺了单位院内的灰色走廊，你追我赶，把我甩得远远的。

我无意中看到一个模糊人影，掉转头，回到局长居住的那个单元内。我根本没有去考虑那人是谁，相反，我想到的是口袋里的烟没了，我得返回单位门口的商店买一包烟。

我的行动是极其迅速的。因为家里的房门钥匙在我身上，耽误太久了，会影响老婆孩子进家门。

正当我一心一意返回家时，我的头和一个人的头重重地碰了一下。由此可以推断，撞我头的人肯定也是低着头在急急地走。当我摸着我的头，抬头想看清是哪个不长眼的东西撞了我的头时，我立刻微笑起来，我撞了我科室小李的头。小李见了我，说：科、科长！我说：小李，这么晚了，到哪里？小李战战兢兢地说：到，到……我说小李今天咋了？我发现小李哆嗦着，然后说：到，到，到局长家，不，不。我说你今晚到底怎么了。小李全身在发抖，讲起话来很结巴。他还是承认他去了局长家。我说：上我家坐坐吗？他说：好，好。但他马上又说太晚了下次再来。

我准备和小李道别。然而，我刚走上三步，小李又跟了上来，说：科长，我想跟你说句话。我说你想说什么就说吧。小李说：我上局长家纯粹是一种巧合,其实,我根本不想去局长家。我对小李的话感到很奇怪,于是又顺便问了一句:既然你不想去,为什么又去了呢?他很兴奋,迫不及待地说:你听我解释。我说:小李,时间不早了,算了吧。他脸上好像很紧张,急忙转到我前方,说:真的,马科长,你听我解释。我说完全不用解释,你也该休息了吧。哪知他更加紧张,说:我上局长家,完全没有什么奢求。我挣开了他拉我的那只手,严肃地说:太晚了,你今晚是不是喝了酒?听了我这句话,他好像清醒了几分。

我连一句道别的话也没说,急忙往回赶,因为老婆孩子在家门口久等了。可我走不到四五步,只听身后“啪”的一声,我转过头,发现小李已俯在地上。我正想去扶他,但见他爬起来,像老鼠一样飞快消失在这条灰色走廊里。

我心里暗暗骂道:神经病!

第六辑

和平的勇气

送 礼

平从牌友家修完“长城”,老婆就告诉他:刚才我给儿子买巧克力时碰见谋买了两条“中华”,准是送给马局长的,你就知道搓麻将,也不活动活动,明天就要出结果了。

听老婆这么一说,平开始意识到问题的严重性。几点了？10点过5分。这狗日的世风,真是害死人！平翻箱倒柜只找出500元钱,只够买两条本省产的高档烟。没办法,去年爹死时积蓄都花光了。总之,送比不送要强得多。平火速跑到街上,买了两条省烟,转到家时已经11点了,得赶紧去,太晚了,马局长就睡了。平准备抱着这两条烟上马局长家,被老婆一把拉住说:瞧你憨憨的,也不包装一下,遇了人,多不好意思。可是在家里找来找去,却找不到一个合适的塑料袋。平急中生智,将窗户上那张用来当玻璃使的旧报纸扯下来,裹了烟,匆匆往马局长家里钻。平将藏于腰间的那两条烟往马局长家的沙发上一放,问了句转干结果是否明天通知便走了。

老马呀,你看！马局长老婆无意中看到了平送来的用于包装烟的那张《反腐败导报》,一个醒目的标题裸露于外:《从局长到阶下囚——青龙县物资局马小哈局长收贿记》。天哪,他叫马小哈,而你就叫马大哈,小的因为收贿,成了阶下囚,而你现在……马大哈局长怔住了,心想:平这小子,醉翁之意不在酒,他这分明是在威胁我！老马呀,我看关于谋转干的事恐怕要另有考虑了。马局长老婆说道。马局长沉默着。

第二天,转干指标定出来了。认为应该到手的谋却到不了手;认为难以到手的平却搞到了手。这令平高兴得落了泪:马局长识才,不为礼所扰,是个好局长。为了从内心感谢马局长,平借钱又给马局长送去两条“中华”。然而,它没有给马局长带来一丝快意,反成了他的一块心病:平这小子,一定要拉我下水吗?想到这个问题,马局长决定好好待平,以图平不检举他多年来所收的贿。

因为马局长有了这种心思,所以半年后的平又被提为副局长。对于这,平简直高兴得快要疯了:他马局长可算比我的爹还要爹啦!因此,平决定要像待爹那样待马局长。家里有点茶油,往马局长家里送;家里有优质米,也往马局长家里送……总之,就只差没把老婆送去了。平送的东西越多,马局长就越觉得平这小子非要拉他下水不可。因此马局长整天忧忧的,他担心总有一天平这小子会将他几年来所收的钱物捅到检察院去。还是老婆理解他马局长的心思,就对马局长说:你担心他告你,你就不知道也给他送几回,这样你即使倒了,他还走得掉?马局长顿开茅塞。于是亲自上平的家,提名烟提名酒,还几次给平的儿子口袋里塞百元钞呢!

这种破天荒的事弄得平受宠若惊,惊后便病倒了。

然而,这一切都是事实。平对老婆说:肯定是咱们爹葬了块好地,他在保佑咱啦!

神 经 病

周雨海那时正在二娃饭店查发票,听人说自己单位的谭局长死了。这怎么可能呢？周雨海上午还看到谭局长举重若轻地钻进他的小车，像是要到外面开会。接着，又有一个食客散布着这条消息，还说，现在税务局全乱了，姓谭的那个局长没落气，就被副局长卖进了医院，说是让他捐两个肾来。看来，谭局长真的死了。周雨海停下手中的活，直赴单位。单位平静如水。周雨海问科室里的小罗。小罗说，谭局长死了，人都烧了。周雨海不相信，去局长办公室看个究竟。果真，谭局长办公桌前坐着一位肥头大耳的人。那人见了周雨海，说，你找谁？周雨海说，找谭局长。那人说，他死了。周雨海说，不可能，今天上午我还看到他。那人又说，今天上午？你恐怕是见到鬼了吧！谭局长都死一个多月了，你还不知道？周雨海耷拉着脑袋退出办公室。多好的谭局长呀！怎么就死了呢？周雨海想起了谭局长那次的年前报告，说得真是太好了。谭局长说，钱这个东西，大家千万不能把它当宝贝，名节、荣誉、清白、刚直才是真正的宝贝……那时，周雨海正和老婆因为钱的事吵嘴。老婆说，你没钱，怎么让领导了解你？你没钱，怎么离开这个该死的山镇？周雨海拿不出足够的理由向他老婆说明钱这东西其实一文不值。现在有了，谭局长的话一针见血！周雨海完全陶醉在谭局长这种清贫理论中。不自觉的，周雨海的左掌拍起了右掌。与会人员都用一种惊奇的目光注视着他。谭局长更是用一种欣赏的目光打量着这位不知名的周雨海。周雨海也顾不那么多了，谭局长的话说得真是太好了，他为能听到这样的经典之言而努力地鼓掌。一周之内，周雨海破天荒地调进了局机关，而且是谭局长亲自点调的。现在谭局长死了，他连见他最后一面的机会都没有，周雨海真是伤心到了极点。谭局长的各种好处被周雨海仔仔细细地过滤着，就过滤出一串眼泪来，泪水顺着脸颊流出来，滴在枕头上。睁开眼，看到的是自家卧室，打开手机一看，时间是 2003 年 12 月 14 日，一个伤心过度之后的懒洋洋的下午。

老婆开会未归。周雨海简单完成了他的晚餐，电视节目又是那么啰里啰唆毫无新意。周雨海决定去看看对他慧眼相待恩情有加的谭局长。

周雨海跺着脚，上了谭局长的楼梯，还来不及叩门，门就被打开了。周雨海问，这是谭局长家吗？开门的乡下小姑娘说，进来吧。房间里的竹地板黄得发亮。周雨海将鞋脱在门外，一双毛茸茸的棉袜各自破了一个洞，脚上像长了一双眼睛。周雨海孩子似的在门口打着转儿，小姑娘递给他一双棉拖鞋。谭局长正坐在沙发上抽烟，烟雾顺着他的头发冒出来，像包子出笼时散发出的热气。谭局长对周雨海说：坐。谭局长身边有位脸形富态的女人，估计应该是谭局长的老婆，穿了一件黑羊毛衣，胸前点缀白光闪闪的珍珠花，见周雨海进来，起身沏茶。周雨海坐在谭局长右侧的单人沙发上，搓着手，深情地望着对他不屑一顾的谭局长。他在回忆下午那个可怕的梦，现在看到谭局长满面红光，他就放心了，甚至有了一丝兴奋。茶水倒来了，就摆在茶几中央，上面还有许多水果。谭局长老婆也没叫他吃水果，只说了声“喝茶”。谭局长从茶几上掏出一支烟，自己点上，抽了一口，发觉周雨海在看他，于是也递给周雨海一支烟。烟是一种叫不出名的洋烟，味儿很冲人，周雨海抽上一口，就有点忍不住要打喷嚏。这种苗头很快被谭局长老婆所警觉。周雨海一忍再忍，小心地将手掌窝成一个球，嘴巴伸进球心里，阿嚏——阿嚏——阿嚏，连打三声。周雨海不适应抽这种洋烟。周雨海打完喷嚏，谭局长老婆就递过来一张卫生纸，周雨海努力擦拭着自己的嘴巴。周雨海闻到了自己打喷嚏时所喷出的那种令人作呕的肮脏气味。周雨海不自觉地把手伸在屁股上，擦他的手掌，但这一切，却逃不脱局长老婆的眼睛。她早就注意起这个两手空空无事相告的周雨海了。电视里有一对男女正在恋爱，男的已经洗完了澡坐在床上等那个女的。周雨海瞟了一眼，觉得是应该离开的时候了。在周雨海即将离去的那一刻，他动情地望了望谭局长，他想把心中的敬与爱用眼神烙在谭局长脸上。尽管此时的谭局长眼睛一直盯着电视里床上那个裹白浴巾的男人。

在那个男人把女人抱起来的一刹那，周雨海起身了。谭局长用“嗯”声当作对周雨海的送行。

电视里的那对男女正欢快地做爱。谭局长嘴里的烟也欢快地往外吐。谭局长老婆没那个兴趣，她奔向周雨海所坐的那个沙发，跷着屁股在搜索。

建筑公司的老板原来也是两手空空坐在这，后来就在沙发缝里翻出了三万多。周雨海所坐的那个沙发的所有缝面都被谭局长老婆翻开了，什么也没有。谭局长老婆找来一把剪刀，从单人沙发的裂缝处剪开，还是没有任何东西。好端端的一个真皮沙发，就这样被谭局长老婆剪出了几道缝，连一颗扣子也没找到。

神经病！谭局长老婆骂道。

谭局长回过神，说，没找到什么？

谭局长老婆说，我看他完全就是个神经病，两手空空地来，木木讷讷地坐在这，磨了几十分钟，而且长时间目视着你，像你欠了他什么似的。

谭局长把烟雾吐得杂乱无章。

第二天，谭局长带领全局员工去医院做体检。

半个月后，周雨海就被提前内退了。

据说，他患有神经官能症。体检的结果还放在谭局长办公室里。

拖鱼尾鞋的人

那年，我在农村信用社做会计辅导员。

我的任务是三番五次地在分管的五个分社中查账，边查边纠边辅导。

风木溪信用社是五分社中条件最苦的一个。主任姓唐，本地人，年纪大得吓人，牙都掉了，是这里的元老。老唐为人热情，也很诚实。我第一次去那个分社时，老唐显得很激动，因为大家都不愿去那，要坐四个多小时的车，那条盘山公路足可以把人的尿都颠出来。所以,上面下来的人,在老唐眼里,统统都是稀客。

老唐对我的热情,突出表现在用餐上。那顿中饭,食堂本来都下了米,老唐却坚决不让在食堂吃,说,去亮胡子餐馆,吃餐便饭。

亮胡子餐馆就在街道旁,是这里最为气派的用餐店。街上行人很少,但路面还是稀稀烂烂的。外表看来,亮胡子的餐馆显得泥污斑斑,店内倒有些宽敞,能摆四张大方桌。亮胡子餐馆最拿手的是酸菜炖雄鱼。老唐就点了这道菜。

外面异常的冷。几个行人都把头缩得紧紧的,腰也弯得很厉害。我和老唐正在享受着鱼肉之美。这时,我发现店门口有个人一直盯着我。那人衣着单薄,冬瓜脸,络缌胡,双手紧紧叉在怀里,在店门口转来转去,偶然还朝老唐的背部憨笑。我问老唐,门口那个人是不是要找你?老唐侧过脸,不屑一顾地说,不是的,别理他,来,吃鱼头。老唐将那个碗口大的鱼头夹进我碗里……

当我放了碗拿着牙签在牙缝里挑呀挑时,老唐也放了碗。放了碗的老唐,走进厨房和亮胡子聊了几句,就出来了。老唐一出来,门口那人就转到门中央。这时,老唐对那人说,你搞嘛?那人立刻兴奋起来,叫道,唐主任,吃饭呀?老唐说,吃了中饭吗?那人直径走进来,有点像遇了多年不见的老朋友似的。他显然还没吃。老唐说,吃一点吧。那人就顺手拖来一张板凳,大声对厨房里的亮胡子喊:亮胡子,再来两个菜!

厨房里的亮胡子并没有回音。

老唐又对那人说,你慢慢吃吧,我们还有点事。那人立刻站起来,说,你们就吃饱了?不喝杯酒吗?老唐将牙缝里的牙签抽出来,在空中画了一道弧,算是回答了他。老唐领我走出餐馆。那人百般客气着,跟在我身后啪嗒嗒地响。我扭过头,发现那人趿着的那双鞋,鞋跟已完全裂开,是被踩裂开的。

我和老唐在烂泥里跺着脚,终于等来了那辆像鱼一样缓缓游过来的进城班车。

经过亮胡子餐馆时，我发现那人还在那张桌子上喝酒，一个人。看情形，那人喝得不是很痛快，边喝边往外面张望。

我问老唐，那人怎么还在喝酒呢？老唐将一口浓浓的痰吐在烂泥里，用手擦了一下嘴，说，他在物色出账的人，面子得了，又能捞到吃喝。管他呢！这种人，我们管他叫拖鱼尾鞋的人。我在心里暗暗说道：叫得也真绝，那人正好趿了一双像鱼尾巴的鞋子。

后来，我在城里碰见过那人几次，都是在饭馆和酒店里。不过，衣着却穿得倒很得体，脚上还穿了双亮锃锃的皮鞋。

令人惊讶的是：我们头儿的千金结婚那天，那人也在场，吃得红光满脸……

和平的勇气

1967年的美国，有点像个斗志昂扬的猎手。

除美国本土，到处都是猎物，只要稍稍蹿出去，就可以擒羊逮兔。

然而，美国人被杂乱无章的树藤缠住了。猎兔行动受到了极大阻碍。

美国人导演的这场越战，已经越来越让人失去了信心。

小小的柬埔寨政府简直像一条受惊的蛇，它在向来犯者发出嗖嗖的进攻声。

尼克松政府有点气急败坏了。决定将枪口对准柬埔寨的守卫性进攻。

面色阴沉的尼克松坐在电视机前，为这场异国战争发号施令。他说：我们不允许敌人躲在有利的庇护所里把上千个美国人干掉。

尼克松嘴里的“不允许”等于将所有的炮弹炸向越南这个邻边小国柬埔寨。

尼克松嘴里的“不允许”等于把战争的子午线抛在了越南之外的国土上。

总统的战争宣言，立刻回荡在美国大学的校园里。

反应是那样的强烈。

影响是那样的出人意料。

空前的抗议示威浪潮在美国校园一浪高过一浪。

四百多所大学因为抗议该死的战争而罢课。

十万多名学生纷纷走出校园，他们汇成了正义的长河，流水一般地直捣华盛顿。

权威而又神秘的美国白宫已经变成了武装起来的兵营。

白宫门前，荷枪实弹的武装士兵，排山倒海地向外推进着。四面八方会集而来的学生流，毫不畏惧地扑向这个战争的指挥中心。

钢盔。壮躯。刺刀。在矫健粗犷的脚步声中气势凌人地向外移动。

娇柔之躯，激昂之情，在鲜花和歌声中，潮水一般与之交合。

钢盔里的眼睛已经辨不清是非。枪杆子已经听不懂和平的声音。

不同的肤色，不同的语言，汇成一个响亮的词汇：和平！和平！和平！

这声音响彻白宫。响彻华盛顿。

柬埔寨留美学生阿扎意冲在最前沿。

阿扎意身穿一件黑底白花的长袖衣，头扎白花，手握鲜花。

迎面而来的齐刷刷的刺刀在阿扎意面前晃动不已。

阿扎意像迎着亲人一般，面带微笑，手舞鲜花，高声呼喊：和平！和平！和平！

柬埔寨边陲的战争不见刀枪，而白宫门前的刀枪却近在咫尺。

越来越多的人用鲜花迎接着那一排排寒光闪闪的刺刀。

顷刻间,白宫门前所有刀枪上都被插满了美丽的鲜花。

甚至,连手握刀枪的士兵们的头上和身上都被插满了美丽的鲜花。

白宫门前,鲜花灿烂。

和平的鲜花盛开在乌云笼罩的华盛顿。这让好战的尼克松看清了鲜花竟然是何等的美丽。

退 化

赵四和王五原来都在一个单位的政工科工作,搞的是职工的思想教育。现在单位跨了,原来一些很不起眼的兵,因为熟悉一门技术,现在混得很不错。就拿锅炉房的刚成来说,他会开车,现在给别人开的士去了。想到这些,赵四真有点悲凉,但一想到王五那个狗日的也下了岗,和自己一样没有专长,赵四的心又仿佛得到了极大的安慰,甚至可以说是一种幸福。原来,他俩曾经为了争那个科长,就差没有动手了。

下了岗的赵四,只好百般无奈地走出熟悉的单位,面对陌生的市场。

几天的奔波,赵四毫无收获。

赵四终于想起一门行当:拉板车。赵四的身体好,肌肉结实,干这种体力活,应该是有条件的。赵四就这么想。

赵四的板车于是给这座城市增添了两个轮子。

六月里的聚雨,砸得地面灿烂一片。街道上,行人愈来愈少,只有那些中巴车，像救护车一般开得飞快。赵四拖着空板车，在黄水四溢的街道上行走。过了这道坡，就可以到家了。今天还好，上午拖了两车，挣了20元，不亏，至少比那些快要下岗的人要好。赵四拖着空车埋头想。

“嗨，嗨……”

赵四抬起头，发现前面有位同行，正拖着一板车的瓷砖向上拉。雨水冲洗着前行者的脚印。赵四将空板车停在这条坡道的右侧，奔上去，双手抓着前行者的车角，用力帮忙往前推。车轮立刻欢快地转动起来。

“谢谢——你——”拖板车的人喘着气说。

“不用，咱是同行。”赵四边推边答，雨水顺着赵四的头发，滴在他的嘴唇上。

终于推到了这条道的坡顶。满车瓷砖的板车停了下来。拖车人扭过满脸雨水的头，说，谢——他停顿了。他不知道推车人竟然是赵四。

赵四也万万没想到拖车的人竟然是王五。

赵四说：“王科长，你也——”

王五抹了一把雨水，说：“现在咱们都是打工仔，还什么科长科长的。今后，咱们若是成立一个搬运公司，你来当科长。”

赵四骂道：“没出息的东西，刚把你提拔上来，还没干一件实事，就想退位？”

王五笑了。赵四也笑了。

雨水在他们脸上砸出很多水花，也像是在笑。

准 备

洪胄从厕所里出来，远远就看见赵屠户站在乡政府的球场边朝他微笑。这个夏天从不穿外衣的赵屠户一大早就挺着那身油渍渍的肚皮找书记，恐怕又是为了猪肾的事。赵屠户知道，新来的书记很喜欢吃猪肾，隔三差五就来推销他的猪肾。洪胄对赵屠户说，今天你的猪肾，恐怕没人消受了，书记乡长们全都下村里去了。洪胄是乡政府的秘书。照惯例，他是应该跟随乡政府任何一位领导下去的，可这些领导仿佛都把他忘掉了。洪胄一大早就在心里骂他的领导，有好处就自己顾着，一点也不关心下属。因此，洪胄回答给赵屠户的话，就有些不够热情。

办公室的电话催命鬼一样地叫起来。那叫声惹得洪胄非常想骂娘。多亏洪胄没骂出来，否则他就麻烦了：电话是县委办打来的，说是管党群的赖副书记今天要下来。

这信息被跟在门外的赵屠户逮住了。这个赖副书记他赵屠户认得，去年十月份下来过一次，自己还被乡政府的人请去陪酒。赵屠户知道赖副书记喜欢“猪六件”：猪嘴、猪舌、猪心、猪肾、猪肚、猪肛。去年赖副书记下来的时候，可真把岩门街所有屠户难住了，赖副书记不仅喜欢吃“猪六件”，还有带走的习惯，只要有，价格不是问题。赵屠户迅速返回他的肉摊，一下子收购了所有同行的“猪六件”，并派老婆去毗邻乡村大肆收购。

第二个知道这信息的应该是钱老板。当时，岩门街上“六六顺酒店”

这个头发弄得油亮的钱老板正带着采购员在肉摊上割肉。县里来的官人只要来岩门，半数以上会在他的“六六顺酒店”就餐。看来，今天他钱老板真要出面了，他得马上赶往龙冲买甲鱼。龙冲生产野生甲鱼，上面的官人很爱消费这种东西。钱老板又吩咐他的婆娘立刻上县城弄几瓶五粮液来，越快越好。

就在钱老板的摩托车烟雾冲天地经过黄金村时，孙村长叫住了他。钱老板的摩托车围着瘦小的孙村长打了一个圈，然后轻轻松松上路了。得了消息的孙村长立刻在妇女主任家找到了村支书，村支书正在打麻将。听说县委要来人，村支书将一副相公牌推倒了，很果断地说，马上在六瞎子家召开村委会。六瞎子是黄金村有名的贫困户，眼睛瞎了十几年，老婆跟人跑了，儿子被车碾了，女儿打工被人卖了，落下一个破烂不堪的家。县里每次来人，都要到黄金村的定点帮扶户六瞎子家看一看。六瞎子也因此上了电视进了报纸，有篇报道的题目是《看得见的温暖》，说的就是六瞎子在政府的关心下，家里有了电视（尽管他眼瞎看不了电视），可他还是有了电视，六瞎子看到的是政府给予的温暖。孙村长组织一帮人开始往六瞎子家搂棉絮搬电视，村委会的另外几个也在六瞎子家打扫卫生了。六瞎子说，怎么？县里又要来人了？孙村长不直接回答，而是问他该记的话是否都记落了肚。六瞎子说，是感谢村委会和乡政府的话吗？支书说，瞎话！你以为还有什么话？

和六瞎子女儿一同被拐卖后来又跑回来的同村姑娘李茶花，此时正路过此地。李茶花想打听一下六瞎子的女儿是否也跑回来了，反正她认为自己跑回来是个错误，已经嫁不出去了。无人问津的李茶花除了偶尔回村外，天天都待在岩门乡“一家人休闲中心”。“一家人休闲中心”是城里一个有背景的人开起来的，对外是洗发和足浴，暗地里可以单独按摩。休闲中心只有李茶花一人是本地人，其余的小姐均来自外地。李茶花将村委会给六瞎子送电视的事说给休闲中心的老板听，老板立刻就明白生意来了，急忙给进城办私事的几个小姐打电话，要求她们务必在下午两点前赶回来，并要求服务员马上洗换按摩房的所有床单。

“一家人休闲中心”后侧是一条小路,通向一片荒凉地。在荒凉地入山口有个大鱼塘,是周个体的渔业基地。李茶花站在休闲中心高楼上晒床单时,就发现了周个体的老婆在那条小路上挑饲料。周个体老婆对李茶花说,洗这么多床单呀!李茶花说,县里要来人,老板吩咐要洗一洗。

周个体老婆马上将县里来人的事告诉给丈夫。周个体骂道:他奶奶的,看来鱼塘又得热闹了。周个体和老婆立刻上街买了几袋鱼饲料,足足地给鱼们喂了一顿。周个体边撒饲料边嘱咐他的鱼们:你们拼命吃吧,吃完了就不要再嘴馋,否则你们就没命了!

周个体正在鱼塘边撒饲料,桂花村的萘梨大王吴贵上门了。吴贵要买鱼,今天他外甥儿结婚。吴贵说,你这个鱼老倌,别撒饲料了好不好?我是来买鱼的,又不是来买鱼饲料的。周个体说,不是这样的,今天县里要来人,我得让我的鱼吃得饱饱的,免得它们上当!

萘梨大王吴贵立刻感到事态的严重性。吴贵家的萘梨正处于下果期,已经被乡政府带去的人连吃带拿不下四百斤。吴贵打电话给老婆,要她马上把萘梨贩子放进屋,能够下树的,尽量下树,并叮嘱老婆卖了萘梨立刻去大姐家。

这一天,岩门乡发生了三件大事:一是赵屠户和老婆重重地干了一仗,因为收购来的三十多头猪的“猪六件”无法处理;二是“六六顺酒店”钱老板的小婆娘在从县城返回的路上翻了车,断了一条腿;三是黄金村的六瞎子活活被电打死,他在拔电视机插头时,不幸触电。

都在暗中准备的这帮人似乎苏醒过来了,层层找原因,最后就找到了赵屠户。赵屠户说,我是亲耳听乡政府洪秘书接的电话。

于是,都去问乡政府的洪秘书。洪秘书若无其事地说:是呀!昨天县委办是打来电话,说分管党群的赖副书记要下来。不过,十分钟后,县委办又打来电话,说是打错了,赖副书记要去的不是我们岩门乡,而是接龙乡。

祝　寿

站在凉山坡的任何一个角落，都可以把风水溪看得真真切切。然而，要走拢去，得花上一两个时辰。山坡上的银娃正在辛勤地为家中那头黄牛割草。黄牛背了崽，胃口大，渴望青草。站在山坡上，银娃就能望见丈母娘的家，在溪那边，屋前还有一块巴掌宽的坪地。

今天是丈母娘的生日。银娃得去。在农村，丈母娘生日，做女婿的一定得去。更何况银娃丈母娘是个老寡妇。银娃不知给丈母娘做了多少寿，但却没有一次能从丈母娘那里捞到一顿像样的生日餐。抱只母鸡去做寿，丈母娘会说，哎呀，这鸡屁股紧紧的，下蛋的料，杀了太可惜。银娃就说，那就不杀吧。丈母娘于是就弄些简单的菜打发生日。抱只公鸡去呢，丈母娘会说，这公鸡刚开叫，早晨鸣啼多好呀，杀了可惜。银娃就说，那还是不杀吧。丈母娘于是就弄一碗肥肉算作生日。抱只鸭去，结果还是一样。银娃总吃不上自己带去的生日动物……

太阳还照得老高，银娃就回来了。银娃对堂口的三英说，今天是妈的生日呢。三英嗯了一句，专心搅她桶里的猪潲。三英鼓了气，将猪潲桶提起，来了个底朝天，两只猪嘴拱了过来，在潲盆里啪啪啪地吃着。三英说，妈生日，是你去，还是我去？银娃将牛草一把一把地递给牛圈里的母黄牛，说，咱俩一块去吧。三英说，那家不要了吗？银娃说，不就一个晚上吗，那可是你娘呢！银娃的话让三英有些感激。

银娃和三英最后商定的祝寿礼物，是家里的那只灰鹅。

太阳还没有下山的意思，银娃就抱了鹅，和三英一起给丈母娘去祝寿。

三英鹅一般的在前面走，银娃在后面跟。银娃很珍惜手里这只鹅，那是他家中唯一的一只鹅。上个月银娃生日，银娃提出要杀鹅，三英坚决反对。好好的一只鹅，现在说抱，就抱走了。银娃有些心痛。想起以前祝寿的事，银娃就来了气。银娃趁三英不在意时，将鹅脖子往左边重重地扭了两圈，然后又往右边扭了一圈。鹅脖子受不了这般折磨，慢慢地就变软了。三英发现这一情况时，鹅嘴里开始流水丝。三英骂着：鬼打的，抱得这么紧，你以为这鹅是肉奶奶的妇人呀？！银娃只是憨憨地笑。

银娃的丈母娘大老远就看见了银娃手中那只鹅。因此也就欢快地在屋子里转悠着。然而，当她看到银娃手中的鹅嘴里流水丝时，心里却不是滋味。银娃说，天太热了，鹅受不了，所以就流水丝了。显然，银娃的解释站不住脚，困为鹅真的已经不行了。结果当然只有杀掉，这是丈母娘极不情愿的事。丈母娘还打算让这只鹅生蛋，然后再孵一大群昂着脖子“嘎嘎”叫的鹅呢！

这回，银娃丈母娘的生日晚餐就是一顿鹅肉了。餐桌上的鹅肉所剩无几时，外面刮来了一阵风，将餐桌上的油灯吹熄了。餐桌上一片漆黑。就在丈母娘说去灶房里取火柴后不久，银娃重重地打了个饱嗝，然后又在堂口三英的背上拍了一下，说：要不是我今天把鹅脖子扭断了，今晚咱俩可吃不上这餐鹅肉。银娃刚说完话，三英划了根火柴从灶房里出来了。银娃终于看清自己身边的人，并不是自己的堂口三英，而是丈母娘。银娃压根儿不知道三英什么时候去的灶房，也不知道丈母娘什么时候坐在了自己身边。

银娃说：“妈，你一年烧多少煤油？”

银娃的丈母娘说：“你问这个做什么？二三十斤吧。”

银娃用十分惊讶的口气说：“才二三十斤？我一年要烧一百多斤呢！”

丈母娘虽感到有些不快，但好奇心使她不得不追问：“怎么烧那么多煤油呢？”

银娃说：“我这人有个坏毛病，天一黑，就要点灯。我只要看不见灯光，就会说瞎话……”

乾隆与村妇

公元1757年，乾隆皇帝带四名随从下江南。8月，入南山。

南山坡陡峰叠，秀色可餐。乾隆心旷神怡，一路逍遥。四随从赶的赶，追的追，疲惫至极，但又不敢多言。乾隆见状，道：我自个赏景，你们不必尾随了。话是这么说，但随从怎敢放下主子在一边，要是有个三长两短，就是把自家剁成肉浆，也担当不起呀。随从于是只得拔腿相随。乾隆不悦，道：你们难道不相信我挡不住几个毛贼吗？你们还是就地守候吧，我前去片刻即回，有事概不追究！随从听了主子这般话，再加上他们确实苦不能行，也就只好任乡人打扮的乾隆大帝独自攀登去了。

南山风光无限。诱得这位风流天子行不知累，攀不知难，前后花去了大半天。

夕阳偏西之时，乾隆感到腿酸腹饥。他拖了一副劳累相，返程而归，不承想，去时只顾赏景，来时却忘了行径，东走西奔，错了路线。饥饿开始侵蚀他的心。他想用眼眸里的美景喂饱自己，但怎么也喂不饱他的辘辘饥肠。

过望夫岩。进夹子巷。乾隆来到了白云梯。乾隆一步一步往上爬，心想：在朝廷，这样的梯道该是臣民所行，自己是皇上，绝不可走这等爬路。但今天，大自然安排了自己，上这峰只有这百余个石阶嵌成的梯道，别无他路。何况，此时也没人目睹他这位天子像他的臣民一样爬行在这种梯道上。正当乾隆这般默想时，石阶顶端出现一位村妇。村妇手里揣了一个竹箩，准备下道。村妇见有男人拾级而上，驻足在石阶顶端，傲视着。这在当时，村妇是犯了大忌的：女子是不能面视男人艰难而行的，更何况男人是在爬道！乾隆爬完这长长的石阶，见村妇驻足而立，且面带微笑，便问：刚才我爬石阶，嫂子为何不躲？怎敢傲视？

村妇答：女人男人都是人，为何要躲呢？女人应该看到男人为了实现自己的目标付出代价的全过程。

乾隆将手中的纸扇一收，拍了一下，说：好，好，妙言！接着又问，那么，嫂子为何看到我爬至顶峰时还要笑呢？你我素不相识，你无端冲我而笑，难道就不知道男女授受不亲吗？

我的笑是一种祝贺，不带任何私情，难道你的成功就不值得他人祝贺吗？村妇揣了竹篓，准备移步而下。

乾隆默默点头。村妇手中的竹篓已经诱发了乾隆帝的饥肠。乾隆双手作揖，说：嫂子，我饿极了，请问你竹篓里有没有解饥之物？能否解我饥腹？

村妇停下脚步，说：篓内装的是苦菜饼，茶杯大，吃几个方能解饥呢？

乾隆说，一个也行。村妇问，你到底需要几个才能解饥。乾隆说，三个足矣。村妇揭开竹篓，将其中仅有的三个苦菜饼递给乾隆。乾隆边吃边问：嫂子竹篓里的饼，送与何人？村妇说，山中伐樵的家夫。乾隆急忙将未进口的两个苦菜饼退给村妇。村妇说，刚才你说解饥需要三个，你缘何只留下一个，这不等于解了半饥吗？解半饥还是没有解饥呀！既然我愿意为你解饥，就一定得让你吃饱，否则，我是不会给你一个饼的。做人也应该是这样，要做好人，就得做个大好人。

村妇之言，使乾隆颇受感动。归朝以后，乾隆派人来南山寻找这位村妇。未果。但村妇的话却一直嵌在这位皇帝的心坎上。以至于乾隆在位期间，大倡男尊女优，倾心治国，经济繁荣，国泰民安，成为一位难得的开明皇帝。

借贷者

一双三成新的“二节头”皮鞋在楼梯间忽上忽下，忽动忽静，最后定格在那扇银灰色的铁门旁。发颤的食指刚触及门边那个红圆点，里面就唱起了人人熟悉的《生日歌》。门上的小孔将绝了顶的头极其难看地输到一只银灰色的眼瞳里。眼瞳下面的那张厚嘴伴随着“咔嚓”声放出异常醉人的音调来。

“哎呀！我的老同学，快进来！快进来！”

门开如棋盘。“二节头”仿佛成了一颗棋子，举而不定。是那双毛茸茸的棉拖鞋，外加一阵急人的催促声，才让这个绝顶头的老同学蹩了进去。

环视左右，仿佛入了大观园，一种既有心看又无心尝的思绪，在绝顶头的脑里擀面似的挤来轧去。

“近来可好？”

“嗯——”

“我就知道你比我好！那年考数学，我可是一个字一个字地抄着你的，可改出来的结果，还是比你少了 2 分——哈哈。”

“哼——”

“老同学比我有能力，19 岁当副股，21 岁当正股，23 岁当副科，30 岁就当了厂长。我呢？在你们厂快垮台的时候才捡了个副科。”

“你现在可是我们的领导——”

“领导个屁！都快散伙了，还领导谁？对了！我得感谢你，同时又万分地敬佩你，我的老同学呀，厂子两年没发工资，但你们厂没给我这位管企业的副县长带来半点麻烦。我知道，这全都得益于我的老同学你深明大义，理解我们这些当领导的难处……”

“嗯，嗯嗯——”

“老同学，怎么了？”

“我，我——”

“说吧，说。”

“我，我想——”

“哎呀，都几十年的老熟人了，还吞吞吐吐的——”

“我，我老婆病得很厉害，现在正躺在医院里等钱用，我，我想和老同学借点钱……”

没有皱纹的地方，顿时布满了皱纹。

“哎呀，真是不好意思，说起来惭愧，我仅有的那几千块钱，全被那该死的股票吊住了，听说，那个企业也不景气，唉——”

绝顶头默默地埋着，只听不看。

“喝茶，喝茶——”

茶没有喝，饭更是没吃。

绝顶头蔫蔫地在门口穿“二节头”。银灰眼扯住绝顶头，目光异常发亮。

“老同学，你也不要太固执了，该要的工资，还得去喊……”

绝顶头在银灰眼面前晃了一下，很快走出了这个庭院。

天空阴沉沉的。有团云霞在扩散。

第七辑

严重失控

获奖新闻 / 荫路 / 胃 / 经济人 / 电梯口 /
一单元二楼 / 综合征 / 严重失控 / 病退 / 女奸

获奖新闻

汤汉民似乎天生就是个出新闻的人。三年前,他办的羊毛衫厂在全县企业界首打破产“牌”,他成了第一位破产企业的厂长,因而在全县广播、电视、报刊上被炒得沸腾翻滚。然而,当全县 90% 以上的国有、集体企业亏损得一塌糊涂时,汤汉民新办的氨水厂却爆出一个喜讯:半年生产创纯利 148 万元,人均创利 1.5 万元。这就给我们电视台提供了一个绝好的采访线索。

汤汉民又成了我们镜头里的焦点人物。那天,我和小刘来到了距县城 5 公里的氨水厂。未进厂门,臭气扑鼻。小刘是个女孩子,走了几步,蹲下来就呕。

采访活动是在汤厂长办公室进行的。

“各位观众,经济要发展,关键在企业;企业要发展,关键在管理。古桐县氨水厂投产半年以来,创纯利 148 万元。那么,他们是怎样实现这一佳绩的呢? 带着这一问题,我们来到该厂,为大家做现场报道。”小刘轻车熟路地做起了开场白。

“这位就是氨水厂厂长汤汉民同志。汤厂长,您好! 请您谈谈你们厂是怎样实现人均创利 1.5 万元的。”我肩上的摄像机已经对准了汤厂长。

“我认为,办企业最重要的,是选好一种特色产品,我们厂生产的氨水,臭得让人呕出黄胆,这就是我们厂的效益所在。”

“您能否具体谈一谈?”

“正是由于我们的产品臭得出奇，来我厂视察、指导、参观、取经者，寥寥无几，这就给我们节省了一笔数量十分可观的开支。几年前，我办的那个羊毛衫厂吃亏就吃在这里，每天都要接待上上下下的领导，吃顿饭不说，每人还要送上一件凌晨毛衫，每年的招待费开支就达200多万元。现在可好了，大家都不愿来了，即使来了，也是拧着鼻子听几句，就走了。这就是我们氨水厂的效益！其余的没什么新招。我要说的，就这些。谢谢大家！”

我扛起摄像机央求汤厂长再说点别的。汤厂长似乎很谦虚，不肯再吐一个字。

想不到充满希望的采访竟是这般结果。我和小刘早早地返回了电视台，尽管汤厂长一再挽留吃顿中饭再走。可我们怎么吃得下，除非我们都患有严重的鼻炎。

但更想不到，我和小刘现场采访的那条新闻，竟然上了地区，进了省城，赴了北京，层层播出。后来，还获了国家级大奖。

不过，听说近来又有人要去汤厂长那里取经。

荫　路

乾隆十八年，卧龙府出了个举人，姓何，名平山。何家祖宗三代全是开豆腐坊的，何老爷是边挑卖豆腐边背诵诗文，可谓十年寒路成大器。何老爷有个习惯：走小路，从不走大路。这主要是他整天满脑子钻诗文，怕不慎撞倒他人，落得个人倒豆腐烂。

何老爷就成了昭化府的知县。

昭化府里，满街都是青石路，路中是用大块大块青石铺成的，那叫荫路，专供当官人走的。不到官级的人走上去，逮住了，必打三十大棍，叫你捧着血腿爬回去。这是规矩。

何老爷上任伊始，就走错了几回，他弃荫路，走小道。衙门府的人就想，肯定是何老爷不习惯原来的那条荫路，因此就改道，大块大块的青石板被铺在树脚下，原来的荫路成了用小杂石铺就的宽道。百姓倒走在原来那条荫路上，颇有所想，这何老爷真是奇怪，历代知县贵人在这条大路上走了一代又一代，他却弃之，将荫路改在树下小道。

不久，衙门府里有人禀报：荫路上出现牛粪数堆，咋办？管理荫路的官员大怒：何家傲牛所为？告大人，是河西王五郎的牛，说是那牛硬是不愿走现在的路，占了荫路。官员发话：宰了那畜生！这消息立刻传到何老爷那里。何老爷传话：畜生所为，不予追究。至于那牛粪何人去清扫，何老爷说就请几位乡干吧。

于是，昭化府里就有了八名荫路清扫工。他们可以在荫路上行走自如，无人敢追究。

何老爷喜欢饭后散步，但他绝不要人护陪，一个人自由自在地走。这就不免碰到荫路工。一次，有荫路工问：何老爷，你独自行走，就不怕毛贼伤害？何老爷大笑：我一不贪赃，二不枉法，于民无愧，我怕什么？几名荫路工一齐跪答：何老爷勤政为民，功德无量，福寿无边。但他们却迟迟不肯起来。何老爷问故，一荫路工答：林乡官欺压民女，私吞募税，何老爷怎奈何不了他？当真有此事？何老爷惊问。小人愿以性命担保。荫路工答。

过数日，林乡官被革职查办。百姓称欢。

长期以往，何老爷总是与荫路工为友，察民情，严治理，昭化百姓安居乐业。八名荫路工也成了百姓的忠实代表。

十年后的一天，成都府来了一伙官员，将何老爷押了起来，说是何老爷疏下层，偏百姓，治法不明。

昭化百姓不召而聚，挤在荫路旁。

押送的队伍自府内而出，百姓泪声相呼：何老爷，何老爷，不能走呀！何老爷只是狂笑。队伍来到竹园旁，突然停了下来。主官问怎么回事，有人答：有几个乡人拦在前面。这种人怎么能走荫路？主官吼。他们是荫路工，府上承认的，允许走。有人解释着。要他们快滚开！主官又吼。有人接着禀告：他们说要见何老爷。阻碍官员办公，概杀勿论。主官发话。

其实，八名荫路工早有劫人准备，个个腰里藏刀。眼看一场官民相杀就要发生。何老爷大呼：不能这样啊！便一头撞在青石板上，血流如注。荫路工见何老爷以命相救，个个横刀自刎。场面很悲壮。

乾隆三十年，成都府宣旨：何平山爱民如子，治政有方，所遭不白，乃他人诬陷，赐何平山四品官位。依此，何老爷的坟墓将改葬到成都。然而，昭化百姓不依。于是，何平山的坟墓至今仍在昭化城的太阳山上。周围有8名荫路工相随。坟垒得很大，成了一座小山头，与昭化县府遥遥相应。

诬陷者林乡官的坟墓被昭化百姓葬在过去的荫路上，现在成了牛马行走的地方。

胃

霍厂长抽了口里的牙签，右手捏起那只黄黑黄黑的大茶杯重重地喝了一口茶，张科长就立刻听到霍厂长的喉管在咕咚咕咚地叫。茶水在霍厂长喉管里叫得很有节奏，像棉花匠弹棉花的声音。每每这个时候，张科长就料定霍厂长又是喝了酒。霍厂长有这个习惯,每次喝了酒,茶量就特别大,一口简直可以喝下去半斤茶水。霍厂长连续烧了四支烟,会议室还只有马副厂长、张处长、秘书小孙和他四个人。也就是说,还有五个副厂长和四个副局级领导没有到。霍厂长再次抬起他毛茸茸的左手,手上那个圆圆的金属东西告诉他:已经等了四十多分钟。

霍厂长就命令秘书小孙去催一催。

不久,小孙喘着气回来了,说,高副厂长家没人,洪副厂长出去了,廖副厂长昨晚未归(他老婆说的),皮副厂长上医院了,说是胃不舒服,罗副厂长正在厕所里,他说他拉肚子,可能还要拉一会儿,陈总、刘总、丁总、安总都不见人影。

霍厂长非但不怪罪,反而摇着头笑。张科长和秘书小孙心里不免紧张了起来。他们担心霍厂长笑完之后会有事发生。马副厂长也跟着笑。马副厂长心里知道霍厂长在笑昨晚那顿酒,皮副厂长醉得躺在厕所里拉也拉不动,廖副厂长更可笑,错把老板娘当小姐,一股劲地摸奶子,还有那罗副厂长真是有味,拳术不精,罚吃了两盘扣肉,肚子胀得当时就唱了歌。

见霍厂长和马副厂长都在笑,秘书小孙也跟了笑,张科长虽然笑得不很开放,但也露了笑容。霍厂长和马副厂长见张科长和秘书小孙也在笑,因此就笑得更加来劲。

洪副厂长、罗副厂长、陈总、刘总、丁总、安总几乎是在笑声中走进会议室的。会议室就显得很热闹。张科长和秘书小孙心里也就轻松起来。

没来的不必要再去等了。

霍厂长就发了话,说,今天上午开个会,就是要研究咱们领导的会风问题,凡是今天没参加会的,要罚酒十杯,小孙你把没来开会的记下来。

小孙就赶紧点了点头。

霍厂长一边用牙签挑着牙缝,一边强调着一二三四。开会的人都在昏昏沉沉地听,只有小孙在忙碌地记录着。记着记着,霍厂长就住了口,大家看到霍厂长搂着肚子哎哟哎哟地叫。会场就乱了起来。大家都建议霍厂长上医院检查检查，霍厂长原本想坚持一阵，但肚痛得实在不行了，便说，老马，你继续主持着，把会开完。

是小孙搀扶着霍厂长进了医院。

医生说，哪儿痛？霍厂长拍着肚皮，歪着脸说，这儿，这儿。

医生建议霍厂长做个胃镜检查。很快，胃镜结果出来了。医生反复看了看结果，问，平时喝酒吗？霍厂长点了点头。医生问，都喝些什么酒？霍厂长扫了秘书小孙一眼，小孙就借故出去了。霍厂长说，A酒，54度的。医生问，酒量多大？霍厂长摸着肚皮说，一斤半左右。医生问，昨天喝了酒吗？霍厂长点着头。医生又问，喝啥酒？霍厂长说，四川全兴。

医生点了点头，嘴里嗯了一声。

霍厂长问，医生，我到底是啥病？

医生没有回他的话，而是忙碌地走动着，间或翻了翻书和其他的病历本。很久，医生坐到他面前，叹了口气。这口气令霍厂长不禁打了个冷战。霍厂长急不可待地问，医生，我到底怎么了？许久，医生说，你这病是目前暴发的一种特殊胃病，叫HOS，全与酒有关，这病目前没什么特效药，全靠酒来治，而且要靠你平生所喝的最好的酒来治才能见效……

霍厂长不再言语。

霍厂长走出医院后，立刻给老马挂了个电话，说，老马呀，今天这会开得好，下午要继续开，我看，中餐就不要回家吃饭了，到来福酒店订一桌吧。

中午，大家在来福酒店吃得很开心，喝了三瓶A酒。A酒一进肚，霍厂长的肚子就不痛了。

然而，一个月后，厂里就出了事，先是来福酒店的老板来收款，与张会计发生口角，两人抡了一顿，后来是厂里欠别厂的货款，两台机器被抬走了，接下来就是厂里发不出工资，几百号职工找厂领导日娘。

很多厂领导在厂里已经找不到踪影。但也有很多领导不声不响被调走了。

这天，霍厂长找到县领导，要求调动工作。县领导问，现在能发出工资的单位已人满为患,你想往哪调?霍厂长说,想调A酒厂。县领导说,A酒厂可是全国有名的名酒企业,况且酒厂早就有领导了,你去干吗。霍厂长说,领导,你不调我去,可是要我的命呀,把我降两级,我也愿意去!县领导对霍厂长这种执着的工作调动十分不解。

如今,霍厂长是A酒厂的一名品酒师。

经 济 人

手臂那么大的一条财鱼在蔡宝珍手里活现现地弹跳着,被蔡宝珍用刀背重重捶了一家伙,充满了斗志的鱼,就这样晕死过去了。接下来,遭遇的便是开膛剖肚。蔡宝珍不想吃这条财鱼,是床上的刘伍平得吃它。上个月6号,刘伍平路过宝兰街,被一辆发了疯似的摩托车撞了个半死。在医院里躺了个把月,昨天总算出来了。

财鱼出锅时,蔡宝珍的手机响起了《两只老虎跑得快》的音乐声。跑进去一看,是个陌生号码。审视着那串手机号,蔡宝珍就知道这是个长沙的号码,因为里面含有"731"的数字。也甭管是串号或是错号,反正是长沙号码,不要漫游费,蔡宝珍于是用手机打过去。里面传出的是个很爽朗的长沙女人腔:哎呀!蔡姐呀,还好不?听得出我是谁吗?蔡宝珍想了一会儿,就猜:马——萍。因为马萍经常邀她打牌。显然又不是,马萍的声音常常带有挑战性,许是她打牌的手气一贯的好。蔡宝珍又想到了喜欢逛街的刘艳,但她马上又给否定了。刘艳的声音总有点讨价还价的味道,可这个女人话中带情，语中带意，关爱无比。终于，这个女人通报了自己是王玉兰。蔡宝珍想了很久，还是有点迷糊。这个女人就急了，将自己的过去，反反复复说了好几遍，蔡宝珍这才对这个王玉兰有一点挂相。是前年单位招的那个临时工打字员，喜欢穿吊带衣服，嘴巴皮子特别厚，好像只在单位上了半个月班。蔡宝珍隐隐约约记得，自己科室里的总结还是这个王玉兰打出来的呢。

没多久，这个王玉兰就找上门来了，手里还提了个小果篮。

王玉兰进门后的第一件事就是看望卧床的刘姐夫。喝了两口茶，再在蔡宝珍家地毯似的欣赏一番后，很果断地从提包里掏出她的果乐康蛋白粉。王玉兰对蔡宝珍说，这果乐康蛋白粉，是美国的28位科学家经过11年的努力，从300多种植物里提炼出来的，可以增强人体的抵抗力。王玉兰最后的科学结论是：对于任何受伤者来说，一小芍果乐康，等于十条三斤重的财鱼。这让喂汤的蔡宝珍感动不已。而后，王玉兰又关注起蔡宝珍的脸，很动情地说，蔡姐呀，你得保重自己的青春呢，姐夫遇事了，把你累得成这样，你看看，肤色苍白，血气不足！试试这个吧！王玉兰又从包里翻出一瓶名为欧拉的钙片。欧拉钙片的用途就更不用说了，欧美市场的紧俏货！老布什小布什一直都在用！

临走前，王玉兰翻出了一大叠果乐康蛋白粉和欧拉钙片的宣传资料，并一再嘱咐姐姐姐夫按时服用。至于钱的事，吃一段时间再说。

这天，蔡宝珍正在牌友马萍家里搓麻将。马萍的手机响了起来。马萍对着手机猜了半天，才猜出这个叫王玉兰的妹妹来。这一次，蔡宝珍的手气好得真是前所未有，但一打听到这个王玉兰要来，蔡宝珍三下五去二就借故撤退了。

又一日，蔡宝珍和刘艳正在春天百货大楼试衣服。刘艳接到一个叫王玉兰的电话，急得蔡宝珍连看中的衣服都不买了，匆匆忙忙回了家。

从此，王玉兰这个名字，就令蔡宝珍、马萍、刘艳等姐妹们为之害怕。她们个个都像躲瘟神似的，千方百计避着这个王玉兰。她们害怕这个王玉兰给她们不断地带来外国人所制造的种种惊喜，比如果乐康、欧拉等。

死磨蛮缠半年多，王玉兰总算被大家甩丢了。

可是，就在昨天，这个王玉兰突然又拨通了马萍家的电话，大家都说在忙，可这个王玉兰却坚决要来。王玉兰在电话里一再表示，她是诚心来看看姐妹们的，她已经不做药品销售了。

王玉兰进来时，蔡宝珍几个姐妹的麻将瘾正旺。王玉兰自己找了个合适的位置，静静地看她们如何自摸，如何点炮。慢慢地，王玉兰就在人的命运上发起感叹来。王玉兰说，保险，可以化解一切风险，人只要购买一份保险，什么风险也就无所畏惧……

电 梯 口

楼不算高，25层，仿古建筑，自林间凸显而出。楼很壮观，但不可随便而入。楼道配保安两名，陌生面孔，一律查证登记：姓名、单位、身份证号码、电话、会见人姓名、会客时间，统统写上。然后，电话打上去，人若在，问可不可以上楼，允许的，开一张小纸片，方可上楼，会人办事。否则，休想上楼。步行上楼，不算难事，却有电梯四座，自然就很少有人去爬楼。

王五洋可以进出自如，可以全然不把保安放在眼里。他在楼上待了三年，先是25楼，后来换到24楼，现在待在23楼。依王五洋那胖墩墩的身躯，爬楼肯定吃不消。王五洋习惯于乘电梯上上下下。

一栋高楼所诞生的机关，最严谨的事儿，便是上班。早晨7点半到8点，是四台电梯最繁忙的时刻。电梯口聚满了前来上班的人，大家备好了上班的用具——包，女同志或拎或背各式各样精美的坤包，成天写材料的背电脑包，领导模样的腋窝里夹公文包，有大有小。个个表情严肃，态度认真，大家都在静静等候电梯门上阿拉伯数字以及“↑”“↓”符号的变化。机关人做给外人看的，就是按时上班。大家匆匆忙忙起床，匆匆忙忙赶车，匆匆忙忙聚集，为的就是按时上班，至于上班时间弄个啥，外人不得而知。因此，中途放飞便是常有的事，没人追究，也不好追究，来都来了，总不至于还要正正统统规规矩矩坐在办公室抽烟喝茶看报闲聊吧，走动走动，也算是工作。

应该说，王五洋很爱这里的工作。他基本上是7点35分赶到电梯口。今天的王五洋所选的位置比较有利，是3号电梯的入口处。就是说，只要3号电梯的门一张开，他就可以顺利入乘。王五洋来的时候，在菜子口买了一杯豆浆和两根油条，边走边嚼边喝，还没走到大门口，王五洋就觉得不对头了。王五洋感到腹胀，想大便的欲望似电流一般传遍全身。王五洋努力镇定着，并反复告诫自己：快了，电梯已在18楼。王五洋在心里测算着电梯运行一层楼所需要的时间，结果是2.5秒。王五洋想，再上7层，下25层，共32层，大约需要80秒。王五洋觉得用秒做单位，数字大了点，他就换个算法，告诉自己：1分20秒，很容易过的。

同事张美丽也来了，她开了王五洋一句玩笑。王五洋想跟大伙一起笑，可他忍了，他绝对不能失控。否则，他会失态的。要是往常，王五洋绝对会奋起反击，把话题引向深入，推到高潮，可他现在不行，他需要集中精力对付那股跃跃欲试的暗流。王五洋越是装模作样，越是成为人们攻击的对象。等电梯的很多人在拿王五洋开刀了。大家笑得正欢，腋窝里夹公文包的来了，是个不大不小的领导。有人给这位领导让出了一条道。3号电梯的门也在此时张开了，自然是领导先进去。王五洋也是这么配合着。但让王五洋措手不及的是，领导刚进去，后面的人全拥了过来，把王五洋排斥在电梯口外。电梯是质量上乘的“三菱”，电梯出厂设计为15人，机关为了追求豪华，将原来“欢迎光临，星期 ×”的红地毯换成了厚重的大理石，载重人数便由15人减为10人。王五洋以为里面还有空间，跨了进去，电梯立刻就发了“嘟嘟嘟”的叫声。大家都笑了，显然他王五洋是多余的。王五洋只好跨出来。其他三台电梯已是人满为患。王五洋只好守在3号电梯口守株待兔。

好不容易等到3号电梯姗姗而下。这回，王五洋管不了那么多，他第一个钻进去，他要成为这趟电梯的主人，王五洋一个指头按住开门按钮，另一个指头时刻准备按住关门按钮。进来的都是几个处长，他们对王五洋这种类似于过河拆桥的动作大为反感。就在王五洋按动关门按钮时，机关的三把手突然闪现，电梯门紧紧夹住这个领导的脖子，里面的处长们都表现得大为震惊。电梯门很快就松开了，领导面带微笑进来了。但是，这种笑谁见了都觉得有些走样。王五洋的暗流此时已决堤过一次。王五洋在百般无奈中，偷窥众人的表情，他要观察是不是有人在做掩鼻之举。

一个月后，王五洋的工作又有了新的调整，他去了25楼。

一单元二楼

打这幢楼房落成，胖子张和瘦子王就成了邻居：同住一单元二楼。张住左，王住右。

胖子张瘦子王先是点头微笑后是招手致意最后就发展到握手寒暄，似兄弟。

胖子张每次遇见瘦子王，总要在过道走廊里扯上一阵子，比方说这鬼天气真热、牛肉掺水、鸡蛋涨价。每每谈及这些，胖子张就少不了要手舞足蹈一番,生怕对方听不懂话似的。一次,胖子张提着刚从集市上购回的一条死鱼又在和瘦子王海谈近日从杂志上看到的某歌星肚子被搞胀一事,心情很激动,说这杂志真会骗人,原来歌星是吃了什么玩意全身发胖。瘦子王就听得入神。扯着扯着,胖子张说了声慢便一巴掌朝瘦子王右脸扇过去,用手一拧,是只红头苍蝇。瘦子王这才反应过来,见胖子张提的那条鱼已被一大群苍蝇装扮得像个苞谷,惊叫:哟,时间不早了,你的鱼已臭得被苍蝇包起来了。胖子张这才意识到老婆还等着鱼下锅呢。

瘦子王每次碰见胖子张,总要在门口站上一阵,向胖子张扯述着迷你裙的质量以及法定婚龄的变化情况。瘦子王每每谈及这些就忍不住要陶醉一番,把爱的享受表现得淋漓尽致。一次,瘦子王刚从厕所钻出来便瞥见胖子张在门外走廊上,于是扯起裤头急忙向胖子张讲述上星期报纸上刊登的桃色新闻一事,口水讲得像瀑布上的浪花,说这世道真是新生事物层出不穷。胖子张就鼓着那双球眼听得脑袋随着瘦子王的手势转。转着转着,突然,胖子张大惊,指着瘦子王裤裆口露出的家伙大叫,瘦子王这才发现自己太放肆,转身朝房里钻去。

胖子张瘦子王依就那般海阔天空,无所不谈。

后来,胖子张当了局长,与瘦子王的交谈便少了。偶尔遇见,点头微笑便算招呼。胖子张家里没有了瘦子王的谈情说爱,也没有了胖子张吃吃喝喝的话题。一些陌生的或熟悉的面孔开始在胖子张家里出出进进,过道走廊里时常充满着哎呀还带什么东西喽,好走我不送了之类的情调。瘦子王的家门也时常关闭着,但也不时传来门铃声,瘦子王就常常穿着短裤去开门,门开问声进:请问,这是张局长家吗?来人面孔上常常堆满笑意,很好看。瘦子王就答对面然后“砰”地一下将门关上。久而久之,瘦子王就心烦,后来干脆在门上挂了块“张局长住对面”的告示牌,把一切模糊不清的拜访统统地加以理顺。

天有不测风云。张局长终于因喝酒过多伤了胃,从此,病退二线,瘦子王却在得意之中成了王局长。从此,张局长家的门铃声渐渐减少,王局长家的门铃声直线上升。丁零——张局长麻利地打开门，是找王局长的。张局长就手一指说了声对面便砰地将门关上。时间一长，张局长也就心烦，于是也仿照瘦子王那样在自家门上挂了块“王局长住对面”的小木牌，安安心心服药医胃。

一年后，王局长尽管与单位打字员有作风问题下了台，但门铃声依旧不减。王局长就心烦，好在他再次制作了一块“马局长住二单元二楼左舍”的告示牌，门铃声才息了下来。

慢慢地，张局长王局长又恢复到原来的胖子张瘦子王时代，开始寒暄开始握手开始海阔天空地扯肉鸡打水、五粮液贬质、叶倩文大龄未嫁、名人离婚等一系列社会新闻。

从此，一单元二楼又出现了喧哗声和狂笑声。

综 合 征

如果你认为我在那家医院出出进进就断定我身体有病或者说我是医生的话，那你就错了。我很好，可我什么也不是，我只是一个小小的看守所工作人员。

不错！我是对那家医院很熟悉，熟悉的程度赛过我对看守所了解的铁门铁窗。从看守所到那家医院是有一段距离的，准确地讲，要经过一条常年泥泞不堪的土路然后再转两次车。我不知道，我一年要在这段距离上往返多少次，我厌恶了这种机械式的运动，就像看守所里的犯人厌恶有限空间一样。

第一次走在这段距离上，我似乎有点神气昂扬。乡下的婶子来了，背上长着两个鹅蛋似的血管瘤。对于这样的亲人，我是不能不帮的，我那坏了一只眼的松贵叔好不容易才得到这门亲事，而这门亲事的唯一条件就是帮她把背上的血管瘤消掉。要知道，在我们那个偏僻的穷地方，这是多么难得的婚姻。我走进高考时曾经体检的那家医院，捏着挂号单左来右去，才将婶子带到一位上了年纪的老大夫面前。大夫那只树藤般的手在我婶子背上按了按，摘下眼镜，收了听诊器，然后信手握住身旁的点水笔，在纸片上沙沙地写。老大夫的字迹过于潦草，以至于我每一次伸出脖子都一无所获。我觉得老大夫的举止很像莎士比亚在写作，那么专心，那么沉闷。我几次问他"这要不要紧"，他都嗤之以鼻。最后，我的习惯性叉腰动作改变了他对我的漠视，他用惊讶的目光盯住我腰间的手枪。他说，不要紧，但是要住院，开一刀就行了。

拿掉了婶子背上那两个鹅蛋状的血管瘤后，我也就闻名乡里。紧接着，春秀婶的儿子八狗带着他的婆娘笑眯眯地来找我，说要我帮忙带她去医院做个 B 超，看肚子里怀的是男还是女，言外之意，是男则留，是女则流。我知道我的行为关系到社会男女比例的失衡问题，是知法犯法，可我又能怎样呢？一个五个月的孕妇打老远从乡下跑过来，要的就是一种说法。这一次，我腰间的枪也没管用，那个胖乎乎的中年女医生根本就不在乎我那把枪，她一再嚷道：出去，都给我出去，这里是孕妇胎位检查，不是阅览室。我也不敢妄断八狗婆娘到底怀的是男是女。总之，不是男，就是女。问题就在于八狗婆娘五个月后生了个胖崽，还口口声声说是我帮的忙。我到底怎么了？我帮了她什么忙？我又不是医生，我连 B 超的图形都要当成天气预报，我怎么知道她真的怀了个胖崽！不管我怎么解释，我已经成了穷乡僻壤里的一个能人。

能人似乎就有能人的苦衷。别人一听到"看守所"三个字，都会有种畏惧感，可我的父老乡亲一听到"看守所"三个字全身就来劲就把它当成他们最想去的最佳去所。凡是进了城的（当然没有事他们是绝不会进城的），都要想方设法找到看守所，然后点着我“王伟雄”的名字，不慌不忙地走进来。当然，来找我的都是奔着事情来的，而主要的事情又都是与病情有关。从某种意义上来讲，看守所和医院都是治病救人的场所。医生治的是身病，我们看守所治的是心病。我真的很愿意为所有的病人奔波。

后来，我到省里学习了几个月。回来时，看守所的同事们交给我几个蛇皮袋，里面有腊肉、年粑、红薯以及木炭，还说有一拨一拨的乡下人来找我。

回到故乡，便证实了一切。句句的耳朵穿孔了，找过我；三娃的崽治膀胱，找过我；清皮叔割阑尾，找过我；秋桃婶脑壳晕，找过我……他们尽管没找到我，但是他们都打着我“公安局王所长”的名，去看各式各样的医生，而且又都统统地顺顺利利地把事情办完了。其实，我不是什么王所长，我只是看守所的一名普通看守员。

一天，我正在办公室看报纸，传达室的小周打过电话说，有人找我。我拉开传达室门上的那扇小窗，对那个人说，你找谁？那人说，我找王所长。我说，这里的所长姓马，福尔马林的马。那人又说，是王伟雄。这就让我奇怪了！那人说他是那家医院的主刀医生，姓刘，几个月前，他手下的一个病人说起我的情况，并说我这人很好，很喜欢帮助人。接着，那位陌生的医生就说明他的来意，他有个侄子前几天进了看守所，割了别人的脚筋。

时至今日，我也记不清有多少穿白大褂的医生直接或间接地找过我，正如我找他们一样，都是为了治人的病。

严重失控

早就听说有个大领导要来。至于领导大到什么程度，曹奎安不想过问，反正是从京城来的。

曹奎安工作四十年，一直待在这个单位。那年头，像曹奎安这样一个老牌高中生，工作上又有一套，完全有条件爬上去，可是每到关键眼上，还是被别人抢了。后来，任凭老曹再怎么努力，也只有当模范的份了。在老曹家，如今已锁满了大大的两箱子荣誉证书。曾经与老曹一同参加工作的人，早就把官当厌了，就连老曹的很多手下，也都成了带“长”之人，唯独曹还是那个曹，只不过别人多给了他一个字，叫他“老曹”。

单位来过不少领导，但都算不了什么，好像来头最大的是省里那个副职，但那领导好景不长，第二年就翻了船，贪污几十万元，现在，京城里的领导要来，这应该是件破天荒的事。想想看，单位就这么百来个人，而且又在这么一个偏僻无比的贫困小县，能接待京城来的人已是少之又少了，更何况是单位的一级法人！

为了领导的到来，单位已经开了无数次会，研究如何介绍情况，如何接待，如何安排领导的视察路线。市里和省里的领导也来过好几次，帮助单位做好迎接京城领导的各种准备。县委和政府也对这个大领导的到来格外关注，几次听取单位领导的汇报，还亲自到单位做过两次讲话。

经过几层领导的反复研究，曹奎安就被推上了迎接领导的行列之中。

因为老曹是个老先进，也很有见解，又是单位的元老。

这当然是老曹意想不到的。

还没到上班时间，单位领导就打电话到老曹家，说是要他马上到领导办公室去一趟。老伴听出了这意思，心里乐滋滋的，马上为老曹找鞋子。这回，咱们孙儿工作的事可有着落了！老曹就那么一个儿子，曾在自己单位开工具车，28 岁翻死在山沟里，留下一个 4 岁的小孙儿。儿媳妇嫁人时，曾多次要求带走这个小孙儿。老曹死活不肯，硬是与老伴一起将孙儿拉扯大，并送进了大学。孙儿大学毕业一年多了，一直待在家里无事可干，老曹几次找到单位领导想安排孙儿的工作，领导都变含糊其词。儿子因公去世时，单位领导就给老曹许了一个愿，说他的小孙子将来可以进这个单位。现在把这事跟单位领导讲，他们个个都变得含糊起来，说那是某某领导讲的，可那某某领导早就不在这个单位了，到底去哪了，老曹自己也不知道。为了孙子工作的事，老曹厚着脸皮跑了很多领导的家，也花费了不少。每次活动，他都在希望中感到失望，在失望中看到希望。

老曹一进领导的办公室，领导正在为他泡茶。领导显得既客气又热情，这让老曹看到了他孙子的希望。领导说，老曹呀，你是单位里面的元老。老曹笑了一下，想说点什么，却被领导把话题抢过去。领导说，这次北京的领导来，肯定会召集部分职工座谈，你是我们的老模范，缺你不可。老曹心里的热意冷却了几分。原来不是谈他孙儿的事。领导接着又说，老曹呀，我们找你来，希望你能很好地配合我们把报汇做好。要记住，不该讲的不讲，千万别讲错了话！

就这事？

就这事！

老曹想借此机会问一问自己孙儿的事，但领导已经夹着提包准备出门了。老曹于是把话咽了回去。

回到办公室，老伴就来了电话，问是不是孙儿的事。老曹说，不是的，回家再说吧。这天晚上，老曹和老伴商量了很久，老伴也对老曹参与汇报的事十分关心，他们仿佛都看到了：过了这一关，孙子就可以进单位工作了。

接下来的几天里，老曹时刻都在考虑领导的那句话：不该讲的不讲，千万别讲错了话。老曹已经在心里想好了他应该讲的内容，无非都是些领导怎么卖力怎么团结怎么清廉什么的。甚至在没人的时候，老曹一个人反反复复训练着自己的发言词。老曹一边训练一边告诫自己，千万别把里面的意思说反了，比如说，我们单位的领导十分团结，千万不能说成“我们单位的领导钩心斗角”，又比如说，我们单位的领导廉洁公道，千万不能说成“我们单位的领导一个比一个贪”……

大领导终于在小领导和老曹们的期盼下明天要来了。这让老曹既感到高兴，又感到紧张。

单位的很多领导一上班就去宾馆接待大领导了。这天下班，老曹也比平时要准时一点。回到家，见老伴一脸的不高兴，问上一句，就像点了鞭炮似的。老伴说，就你没用，你还蒙在鼓里，人家张副局长的侄儿已经到单位上班了，我们孙儿就一点消息也没有。再问孙儿，孙儿告诉他说，爷爷，这是真的，张铁军已经打电话告诉他了，就在红星所上班。老曹口头上劝老伴不要急，孙儿不会有什么问题，可心里也没底。因为领导没向他透露过半点信息。尽管心情乱糟糟的，可老曹还得沉住气，他想，过了明天，他也许就会听到好消息。

越是安慰自己，越是要想这件事。单位领导猜得一点也不错，北京的大领导真的要召开一个职工座谈会。老曹去了。老曹反复地告诫自己：别说反话，千万别说反话！

可是，当老曹真正发言时，他管不了自己的嘴。他说了才两句话，就让有在场的所人哑口无言。老曹刚才说的是：我们单位领导，一个个两面三刀，不送厚礼，就办不成事……

病　退

张科长的调离是热烈的，同时也是激烈的。热烈是因为张科长升了半级，而且又是往省里调，单位为他举行了一个隆重的欢送仪式。激烈是因为张科长一走，好端端的一个科长位子，人去位空，这就等于在狼群里丢了一只羊，个个都想吃。

我们左日旺副科长就想吃。

左日旺副科长和我是老乡，不是一般的老乡，是同乡同村的那种。我能进机关，也全得益于左日旺副科长的特殊关照。左日旺副科长那时还不是副科长，是机关一个办事员。机关人多且杂，都是来自全市各县，我们乌溪县待在机关的人不多，除了黄大榜爬了个副科长以外，其余三个都是办事员。或许是机关老乡观念太重的缘故，左日旺老乡深觉待在机关的艰难。在结识我不久，左日旺老乡就一而再再而三地在他们科长那里举荐我，说我大学毕业，为人诚实，设计能力又强。他们科长就答应见见我。见了一面后，左日旺老乡又主动找到我，说：再意思意思，就差不多了。基本上是由左日旺老乡全权安排，我只管掏钱而已。就这样，我花费了三个月工资来到这个科室，成为左日旺老乡的一名同事。

左日旺老乡经常在酒桌上对我说：咱乌溪人最蠢，只知道窝里斗。他还指名道姓地骂黄大榜只顾自己爬，当了个副科长就不认老乡了，是个十足的“卖国贼”！每每骂过之后，左日旺老乡又教育我，说：海青呀，好好干，当他个局长给他们瞧瞧吧。我说：左哥，我不是那块料，我只知道设计图纸。左日旺老乡就在我背上重重扇上一掌，说：真没出息，要是我有你这套本事，休说当局长，当省里的厅长，我也有这个打算！

左日旺老乡当副科长是前年的事。那年，老科长年龄超标不得不退下来。流水式的升官法自然是副科长转了正然后空出一个副科长的位置来。我们科七个人，五个办事的，除了我不想争那个副科长位子外，其余四个都有那点意思。左日旺老乡把他想升的想法说出来，我很赞同。我对他说：左哥，你也用不着那么操心，他们三个都是三个县的，你我是老乡，关键时候我偏向你这边说一句，不就得了。左日旺老乡睁着他那双大眼说：海青呀，你不要想得太单纯了！他们就不会找老乡？他们老乡当科长当副局长的多的是，到底是你海青的话重要，还是科长局长的话重要？我无言以对。我想，我唯一能帮左日旺老乡的忙，只能是在领导提我们副科长时找我这个当兵的谈话那一瞬间了。可是，领导没有找我谈话。我也帮不了左日旺老乡什么，这确实令我惭愧。我只知道，那段时间左日旺老乡忙得不亦乐乎，而且精力也大不如从前。一天晚上，左日旺老乡推开我家房门，一脸的疲惫相。我问：左哥，是不是又熬夜了？他摇摇头说：别问了，借我二千块钱吧。我说：一下子要那么多钱干啥？他说：没办法，还有五个领导那得去一趟。我说：难道非去不可？他说：都在挤，不挤不行，嗯！要论能力，都不如你，可他们狗日的凭什么想当官？我把二千块钱借给他不久，我发现他脸上有了光闪闪的笑容，这也是左日旺老乡当副科长的一段前兆。

张科长真是作孽，丢了个科长位子，让大家抢，自己则高升去了。

我开始为左日旺副科长担起心来。因为这又到了左日旺副科长奔波劳累的时候。然而，我的担心却是多余。那段时间，我因阑尾炎住进了院，只能在病床上为他默默祝福。

左日旺副科长来看我时，顺便做了个肝功能检查。就是那个该死的检查，搅乱了左日旺副科长的仕途计划。

左日旺副科长不得不因为肝脏的毛病住进了医院。

在我出院后，医院又陆续发现了左日旺副科长心脏和胃都有毛病。

我几次去看望左日旺副科长，发现他比以前更加悲观。左日旺副科长也不询问单位那个科长的人选。我知道他心里难受，在这节骨眼上，得了这么多毛病。我说：左哥，那个科长的人选，可能是罗强了，听说他有个叔叔从外地调到咱们局当局长。

左日旺副科长说：管他哪个当科长！当科长有什么好？不就是个小小的科长吗？哼！人生在世，唯有健康才是最幸福的了！

我听不懂左日旺副科长的话。

我想，他肯定是吃不着葡萄就说葡萄酸。

我甚至看不起这个令我崇敬不已的左日旺副科长了。

如今，左日旺副科长是我的一位老部下。工作上的事，他勉勉强强完成他分内的那一点，其他事情，则一概不管。他关心的是每天如何锻炼，如何长寿。单位领导几次想把他换下来，都被我挡住了。左日旺老乡毕竟为我的仕途起步，架了一道很好的桥梁。

女 奸

1945年。仲秋。

法国夏特瑞城小镇的梧桐，黄叶翻飞，点点滴滴都在预示着这里的美好情形。每况愈下的生活一点也不影响夏特瑞城人收获民族胜利的喜悦心情。小小的夏特瑞城顷刻间变得喜庆非凡，人民用白兰地庆祝法西斯铁蹄折断在夏特瑞城小镇。

夏特瑞城小镇尾街的厢房里，蜷缩着一个正处在哺乳期的女人。那是巴特洛的女儿，也是夏特瑞城人人敬仰的英雄的女儿。就在法西斯队伍开进夏特瑞城的前几天，巴特洛就领着一帮小镇人物，包括巴特洛的儿子，走进夏特瑞城的茫茫丛林。从此，法西斯士兵在夏特瑞城，就没过上安稳日子。当然，巴特洛家的坏消息，也不断从山里传来。先是巴特洛的儿子被乱炮击穿了肚子。接下来，就听说巴特洛本人的一只眼睛被冷枪击中，掉了一颗眼珠。再后来，就是巴特洛的女儿，爱上了驻扎在夏特瑞城的一个德国兵。可是，谁也没有能力去阻止这种深恶痛绝的爱。人民只能眼睁睁地看着巴特洛的女儿与那个德国兵习以为常地同居。一只眼睛看问题的巴特洛，似乎变得更加顽强，他让那些该死的法西斯个个惶恐不安。直到法西斯彻底完蛋的前两个月，他们才算除掉了眼中钉。英雄的巴特洛除了伤痕累累之外，腹部还吞进了好几颗子弹。而就在这时，夏特瑞城的英雄巴特洛的女儿，也顺利地为那个德国兵产下了一个小女。法西斯在夏特瑞城小镇收场的时候，巴特洛家婴儿的啼哭声，彻夜未停。现在好多了，外面都是欢呼声，女人怀里的婴儿，倒能安详入睡。战争往往和婴儿格格不入。

人流慢慢拥进英雄巴特洛的家。

往日的警察开始履行起时隔多久的职责。他们马上进入了角色。几个头戴铁盔的小镇警察，维持着英雄家门口的秩序。男男女女老老少少聚集在巴特洛的屋前。他们要给屋里那个女人以最难看的惩罚。人群中立刻让出一条道来，两个上了年纪的理发师，早有准备地提了剪具，进入巴特洛的家。屋外的人群，在等待那个丑陋女人出来。

不多久，哺乳期的光头女人被推了出来。怀里抱着她的小女。小女哇哇大哭。光头女人惊恐万状。所有的夏特瑞城人都在呼喊着同一句话：丑女人，离开夏特瑞城！丑女人，离开夏特瑞城……

一个头戴锅盖帽的老人和一个警察在前面开道。一个警察用手推着光头女人的背。光头女人像一只受了惊的鸡，抱着孩子，呆呆地走在夏特瑞城大街。老太太搂了长裙,咬着牙观望着。不懂事的小女孩,冲在最面前,不断地回头细看。光头女人后面,人流如水。他们个个拉长脖子,举目张望。这是一种大快人心的送行。街道两边的窗户,全都打开了,行动不便的人,个个俯在窗口。

没有人不为之欢笑。这不仅仅是为英雄扫除耻辱,更重要的是,为夏特瑞城小镇扫除耻辱。这比战争更为重要。

法西斯战败后法国夏特瑞城小镇最热闹的这一幕,恰恰收藏在匈牙利摄影师罗伯特·卡帕的相机里。

第八辑

沉甸甸的节日

老人与小孩

乡下老人三年前做了爷爷两年前没了老婆。在县城工作的儿子接他到城里住。吃住之外,便是照看他的小孙子。

儿子儿媳上班去了,屋里只有老人与小孩。

小孩躺在爷爷身上要泼。老人没法。老人说快起来,爷爷给你讲武松打老虎。小孩依旧泼,说天天是武松打老虎,我不听,我不听。那讲什么呢?讲娃娃的故事。老人没听过什么娃娃的故事。但小孩执意要老人讲。老人无奈,就开始编:从前呀,有个妈妈,生了娃娃——

妈妈怎样生娃娃呢?小孩好奇了,问。

娃娃的妈妈和娃娃的爸爸开头相好。老人说。

后来呢?

后来呀,后来就结婚。

再后来呢?

再后来呀,再后来,就睡觉。

睡觉干什么?

不知道。

你骗人,那娃娃呢?

娃娃在妈妈肚子里。

娃娃从哪里出来的呢?

这个，不准你知道。

不嘛，不嘛，我就要知道——小孩又在泼。

老人无法。就说：娃娃从妈妈的鸡鸡里钻出来的。小孩听得很入神。

吃晚饭的时候，小孩突然告诉妈妈：爷爷说，我是从妈妈鸡鸡里钻出来的。

胡说！妈妈给了小孩一巴掌。小孩哭。老人无地自容。

第二天，儿子和儿媳上班去了，屋里又只有老人与小孩。

小孩照样躺在老人怀里要泼，说要听故事。老人想起昨日的事，就说：娃娃不是从妈妈鸡鸡里钻出来的。

那从哪里出来的呢？小孩问。

老人说娃娃是从石头里长出来的。小孩两眼圆圆的，很是好奇。

吃晚饭的时候，小孩告诉爸爸：爷爷说，我是从石头里长出来的。

胡扯！爸爸给了小孩一耳光。小孩哭。老人哄。

次日，儿子和儿媳都上班去了，小孩又在与老人纠缠，要听故事。老人决定换一个题材。但讲什么呢？老人心里一点没底，他挠着自己油光光的头，拼命想。小孩指着老人油光光的头，问这是什么？老人说是头。不对，头怎么没头发？小孩不相信。

是头。什么头？光头。什么光？老人难住了。但心里时时默念“什么光什么光”。发光！老人想出了这个词。什么发呢？老人又难住了，心里默念“什么发什么发”。对了，头发！老人为自己能答出“头发”两字感到高兴。什么头呢？光头！什么光呢？发光！什么发呢？头发！

小孩在“头发——发光——光头——头发”圈子里绕。绕厌了，他要老人跳出这个圈子。老人跳不出。小孩就拼命要泼。老人没办法，给了小孩有史以来一耳光。

小孩大哭。

老人也在暗自落泪。

启蒙老师和他的女朋友

我在我的一些小说中已经交代过，我的家乡除了贫穷以外就是偏僻。偏僻得让人无法相信我那家乡的可爱：一个 30 多户的村民小组离管辖它的大队足有 7 华里，而且路途有高山有深潭。这就不能不让我们的大人们担心，担心他们可爱的孩子一不小心就滚到山下或者跌进水潭。

因此，孩子读书就成了大人们备感恼火的事。我们的大人们几乎是异口同声把这个问题反映到了大队甚至公社。我 7 岁那年，这事就真的成了。

我们的新学校就设在我们队里的仓楼上。

仓楼在我们院子正对面，在枫木山的山脚下，洪水洞的左前方。仓楼是我儿时天天要去的地方。特别是深秋，所有的孩子和老人都会去，都带着土钵碗和洋瓷杯，在队里的禾场边紧张地捡拾队里刚撸完的小黄豆。夜幕下的仓楼，孩子是不愿去的，枫木山山脚下到处都是坟，长长的、挺挺的，像后来看见的城里包子店里的包子。孩子们的破鞋也常常因为路过那里而慌得乱了脚步，以至于跑丢。发水季节，全村人都能听到洪水洞的妖怪在里面嘣咚嘣咚地敲锣鼓。总而言之，冷清的地方，就是摆了一碗肥肉也没哪个孩子敢独自前往。

我们的启蒙老师胡有才老师却在那个仓楼上吣吣哐哐地生活了好几天。后来，他也许知道了那里的可怕，才再三要求山宝爷安排村里的夸子夜夜陪他睡。

在我的记忆中,我们的启蒙老师胡有才老师个子不算高,说话有点结巴,满脸都是胀鼓鼓的青春痘。胡老师是外乡人,初来乍到,很多学生都不把他放在眼里,特别是翘嘴巴。胡老师要翘嘴巴到黑板前面做题目,她站了一会儿,一笔也没写,就下去了。胡老师厉声地说“回来”,可我们的翘嘴巴就是不肯回去,她还清清楚楚地骂了一句“剁脑壳的”。这时,我发现胡老师脸上的痘痘好像在流血,他把他手里的小木棍狠狠地抽打在讲台上。木棍被打断了。断的那一节,在空中打了一个滚,正好落在我的书本上,吓得我哆嗦了好久。胡老师自己也在哆嗦,他抖动着他那薄薄的嘴皮,说:翘嘴巴,我要告诉你妈!

现在想起来,我们的胡有才老师真的是一个相当不错的老师。很多孩子遭遇了那个断棍动作后,都变得小心翼翼了,以至于田娃常常把屎憋在裤裆里。大家捏鼻子时,胡老师才闻到了臭味。胡老师循着臭味来到田娃身边,将田娃掂了出来,田娃的凳子上就露出了屎。胡老师说,上课的时候,谁要拉屎拉尿,举一下手,就可以了,不要把屎尿憋在裤裆里,臭死人了。胡老师的这一决定,让我们备感兴奋。上课的时候,我们时刻都觉得自己有拉屎拉尿的感觉。

那是星期一的早晨,我们在仓楼上麻雀般地叽叽喳喳着,胡老师来了,后面还跟了一个女的。那女的留着两条羊角辫,牙齿相当的白,她对我们笑了一下,就钻进了胡老师的小屋,一直没出来。我们都嘻嘻哈哈地笑。胡老师微笑着走上讲台。他说,不要笑了。我们还是笑。胡老师又说,不准笑。我们还是笑。胡老师后来解释说,她是我的一个同学。我们仍然在笑。胡老师说,谁再笑,就上来做题目。这时,我们都不笑了。

我们在胡老师的嘴皮下鼓着眼珠思考时,那个女的将她漂亮的瓜子脸露在房门口。她说,针在哪里?胡老师说,在左边的抽屉里。我们大家一下子又笑了。那女的也笑了,胡老师自己也笑了。

课间操时,我们站在三根田埂上,听胡老师“一二一、一二一”的喊声。这时,那女的又出来了,她微笑着看我们做踢腿运动。我们懒洋洋地伸着手脚，眼里却在暗暗地欣赏着胡老师和他的女朋友。

胡老师的女朋友来后的第二天，丁香的铅笔就被人偷了。丁香哭得很伤心，我们都为她丢了铅笔而感到惋惜。丁香说，刚才还在书包里，一下子就不见了，这是我妈昨天赶场时买的。胡老师问我们谁偷了丁香同学的铅笔。我们都说没有。胡老师就一个一个地问。我们一个一个地说没有。这时，胡老师的女朋友微笑着走进我们的教室，她手里拿着一部收音机。她说，是谁偷的，只要我把这个开关打开，里面的人就会告诉我。那家伙真是神，我们听到了里面有人在说话，全是普通话。胡老师的女朋友又说，还不说的话，我可要真的开开关了。这时，高高红着脸站了出来，他说是他捡的，不是偷。我们一下子震惊了。我们震惊的不是高高（因为他经常偷我们的笔），而是胡老师的女朋友带来的那台收音机。将来能有一部收音机，那是多么美好的事情呀！

胡老师的女朋友来的那几天，胡老师早早就给我们放了学，他带着他的女朋友爬行在我们村的枫木山上。

夸子自然就没有去陪睡了。

星期三晚上，我们正在吃晚饭。胡老师来了。他说他的手电筒没油了，他得送他的同学也就是他的女朋友回公社。我父亲说，这么晚了，明天再去吧。胡老师说，明天她要上班呢。我父亲又说，那就让我送你们一程吧。父亲边说边准备找鞋子。胡老师急忙说，不了，真的不用了，我一点都不怕。母亲瞪着眼睛给父亲看，父亲就停止了穿鞋。

胡老师走后，父亲端着碗说，这个胡老师胆子真大，这么晚了，还敢回公社。

沉甸甸的节日

六一儿童节的前一天，关副县长带领县玩具厂厂长风尘仆仆地来到贫困村青山小学，代表县委、县政府给小朋友送去一片爱心。

这种爱心具体表现为：(1)关副县长在青山小学做三个半小时的讲话（很多学生娃们因为坐得太久，又受纪律约束，把屎尿都拉在裤裆里）；(2)县玩具厂厂长给每个学生娃赠送一套“万能识字玩具”和一个新书包。

大概上午12点过5分，关副县长握了握几位女老师的手，最后又握了一下老校长宋海的手说你们辛苦了。然后径直走到学生娃们中间，拍了拍几颗小脑袋，很友好地说祝小朋友们节日快乐，古德拜！然后在乡领导的陪同下，驱车直进桃花堡饭馆。当然，老校长宋海也去了。

桃花堡饭馆异常热闹。乡政府凡是管事的都来了，加起来正好凑了两桌。席上，关副县长以超人的海量把玩具厂那位女厂长及乡政府妇女主任灌得面如桃花。宋校长不胜酒力，自个儿只顾吃饭。看到那一盘盘佳肴堆积成山，宋校长分明感觉自己饱了。说实话，宋校长从教几十年，还没看到过这么多的盘子菜，酸的、甜的、苦的、辣的、麻的，样样俱全。酒是一瓶接一瓶地开，烟是一盒接一盒地烧，菜是一盘接一盘地端。马乡长已经吃得脱掉了上衣，肚皮白白的，活像个如来佛。

当关副县长及马乡长一伙人个个手拧牙签饱嗝阵阵离开桃花堡的时候，已是下午3点多。关副县长说走就走，也不到乡政府歇一会儿。他说他很忙，3点半还有个公司要开业，等他去剪彩。因此，他与玩具厂厂长钻进车子，招一下手，就溜了。

宋校长转身回到桃花堡饭馆。老板娘正在吩咐人清理餐桌。宋校长说："慢，且慢！多可惜呀！你等我二十分钟，千万别倒掉。"说罢，宋校长急急忙忙赶往学校。青山小学就在乡政府的右侧，8分钟就到了。六年级那个班刚补完课，还有18名学生没有回家。宋校长走进教室，上气不接下气地说："同学们，快跟我来！"因为是校长的指示，不明真相的学生背着书包尾随来到桃花堡饭馆。

"孩子们，吃，放量地吃！"宋校长命令道。18名学生就个个拿起筷子吃了起来。他们吃得很急，有几个分明咽着了，端着碗在那里伸脖子。看来，他们都已经饿急了。

老板娘说："宋校长，你又带十多个孩子来吃，我不是亏了？""再给你50块钱，行吗？"宋校长掏出50块钱交给老板娘，并说，这50块钱反正是乡政府奖给我这位"优秀教育工作者"的。

正说着，桃花堡门口来了一辆车，关副县长又回来了。

老板娘马上迎出来，说："关副县长，我料定你会回来的，这块金表只有你才戴得起。"原来关副县长吃饭时，将手表忘在饭馆里。

关副县长见宋校长还在这里，说，老宋呀，还舍不得离去？宋校长一时答不上话，只是点头。

"不是呢，校长又带了十多个学生娃来吃饭。"老板娘说。

宋校长慌忙解释说："我觉得有点可惜，所以，就叫孩子们来吃，他们回家还要走十多里山路！"

"对！你做得好，要从小教育孩子们勤俭节约，千万不要浪费，千万不要浪费哇！"关副县长重重地拍了一下老宋的肩膀，再一次离开了桃花堡。

高　　考

“七七事变”后的第四十七个年头，也就是1984年的7月7日，我们这些农村学生像杀鬼子一样杀进了县城，投入了那场决定自己命运的高考之战。

进城的前一天，班主任给我们放了半天假，他要我们回家准备些生活用品，但同时又规定：必须在下午2点半以前赶回学校，3点准时乘车去县城。

尽管那时县城还算不上什么大城市，但对我们这些农村娃来说，却是个向往已久的精彩世界。那是我第一次要进城，心情特别激动，15华里的山路，我只走了一小时。

跨进家门，屋里静悄悄的。我奔到水缸边咕咚咕咚灌了一大勺凉水。

“是哪个？”爹的声音对我来说是那样的熟悉。

我顺着爹的声音推开老屋右侧的房门。爹躺坐在床上。我说：“爹，怎么了，又不舒服了？”

爹没有回答我的话，而是拼命咳，脖颈都咳得老高。爹喘了粗气问：“今天是星期几？你回来干什么？”

我说：“明天我们要进城高考，身上没钱，想回来拿点钱。”

爹说：“你娘刚上山，你到外面喊一声，要她马上回来。”

娘回来的时候，肩上的背篓只垫了薄薄的一层猪草。娘见了我，黝黑的脸上露着笑容。娘问：“宏崽，今天放什么假，这么早就回来了？”

我说:“明天我要进城呢!”

娘的脸上就愈加欢快起来。娘也没问更多的话,一个人在屋里忙乎着。

爹在床上喊:“哪里去了?”

我知道爹在喊娘。爹喊娘从来都是这样,不呼姓名。我说:“娘到院子里去了。”

“你要你娘去找找康明。”爹在房里交代着。

我找到娘时,娘正从康明家里出来,脸上满是失意。娘见了我,说,你来干什么?我说,是爹叫我来的。娘没说第二句话,默无声息地领我往家里赶。

娘给我端来一碗面,说:“快把点心吃了,你还要赶路呢。”我在中堂里吃娘弄给我的那碗面,就听见爹在房里骂:“那50块钱叫你不要买药,你偏不听,宏崽进城,就这么空着手去?”

我丢下碗,走到爹的房门口,见娘正在那儿流泪。我说:“爹,你又在发什么脾气,没有钱,我和同学暂时借着,等放了假,我去挖黄姜(药材),把它挣回来。”我真没料到,我这话竟然刺伤了爹。爹坐在床上哭。

爹说:“都怪我这不中用的身体,要不,怎么会没钱呢。宏崽,你明天进城,就暂时向同学借着,借多少都不要紧,你告诉你同学,你爹绝对是讲信用的。”

临行时,娘给我准备了一大包,说:“这是娘扯猪草时挖的一些黄姜,你顺便拿去卖了,到城里去,别人吃什么,你也跟着吃什么,千万不要攒,一定要赶伙。”

我走出家乡那个山头,娘还在山头上喊:宏崽,包里有几个鸡蛋……

县城对我来说的确是个迷人的世界,但我已经没有半点心思幸福在它的怀里。除了和高温战斗外,在那拐弯抹角的文字战场上,我想到了衣袋里娘煮给我的两个熟鸡蛋,想到了躺在床上咳个不停的爹,想到了我还借着同学的20块钱……为了衣袋里那两个熟鸡蛋,为了爹的哮喘,为了替爹还那20块钱,那三天是我有生以来最难忘的日子,宿舍、考场、食堂,是三天时光给我筑就的一道围墙。在那乏味的围墙里,我打通了迈向今天的路。

高考完后，班主任不允许我们在热闹的县城待上片刻。一辆车将我们拖回了老家。

娘看到我疲惫不堪的样子，问：饿了没有？

我有气无力地说：不饿，只想睡一觉。

我和衣倒在床上。

爹咳嗽着来到我身边，问：在城里是不是跟上了伙，吃了啥没有，向同学借了多少钱？

我说：20 块。

20 块？ 20 块你吃什么？爹责备地说。

山村的夜已是很深，我却被爹娘的哭声吵醒。我佯开着眼，只见爹娘对坐在床沿上，爹手里拿着九块五毛钱，娘手里则捏着那两个泛黄的鸡蛋，都在呜呜地哭。

我责骂着自己：该死，为什么就忘了还同学九块五毛钱呢，为什么就忘了吃那两个熟鸡蛋呢！

宰　牛

冬天的雪花飘舞在我家的窗垛上。我用被子紧紧裹着脖子，眨巴着眼，望着泛白发亮的窗外，心里很是期待。昨晚上床的时候，我听见爹对娘说，明早村里要宰牛。这是一件多么兴奋的事！人心里一旦有了期待，即使睡在寒冬的温床上，也是难以入眠的。那一夜，我基本上是这样。

我听见我家偏屋的门“嘎”地响了一声,然后就有人叫我爹的名字,像是村里的山花脸。山花脸对我爹说:鸡脚,开始了呢!

我听到我爹在茅厕里应了一声。

要开始了！我兴奋地跳下床。慌忙之中,我踩到了三姐的肚子。我听见三姐在被窝里骂“剁脑壳的”。我也管不了那么多了。何况,村子里有人在敲锣了!

拉开房门,我的眼睛被重重刺了一下,到处白茫茫的一片,对门易家院子屋角边那棵柚子树,已经被雪坨压弯了腰。寒气像刀子,刮在脸上,割肉似的痛。我吸了几口凉气,嘴里喊道:娃娃崽,冷死个鬼了!

村里的锣敲得更凶了。

娘也起了床。她正在柴垛边抽柴,准备生火。我打着寒战问我娘:爹呢?

娘不直接回答我,转移话题骂道:你这个鬼崽子,鞋也不穿,想冻死了?

我哆嗦着又问:爹哪去了?

娘说:捉瞎子去了。

我那双鞋昨天被我穿得可以拧出水来,我机智地穿上三姐那双布鞋,飞也似的朝村子东头跑。

村子的牛栏在东头。牛栏上方就是大地主瞎子的屋。

我还是去晚了。友狗、叫花子、膀胱、布兜他们几个,早已缩着头,打着寒战,站在瞎子屋边看热闹。他们见我跑过去,一个个咧着嘴,惊了眼。这时,我听到瞎子屋里在喊“哎哟”,又有人在大骂:老实点!

没过多久,一簇人从瞎子屋里拥出来。我看见那个白胡子瞎子全身被绳子绑着。我爹也在里面,他正牵着五花大绑的瞎子往牛栏下面走。支书洋泥崽用手按了一下瞎子的头,瞎子又喊出几声“哎哟”。我看到了我爹。我爹也看到了我。我从我爹的眼神里,仿佛看到了我曾经在亲戚家做客时不小心打烂碗的那一幕。爹在支书骂瞎子“老实点”之后,也骂了一句“老实点”。

前来看场面的人越聚越多。膀胱的娘也来了,她披着一件厚厚的棉衣,拄着拐棍，嘴皮子直打哆嗦。还有叫花子的爷爷，他蹲在岩石板上，扶着烟管，静静地吸烟。三姐也来了，她对我瞪着怒眼，好似在说：你把我的布鞋穿湿了，回去我要你的命！

人群开始向牛栏下方的八担谷田坪拥去。我跳过土坑，和友狗他们麻利地冲过去。

八担谷田是村口的一丘稻田，早已干枯，现在正披了一层厚厚的雪。瞎子被我爹牵到了八担谷田中央。很多人站在了田埂边，参与对大地主瞎子的批斗。支书洋泥崽恶狠狠地说：我们村里的老骚牯不行了，瞎子罪该万死！村长蒲来几大声喊道：打倒地主瞎子！很多人跟着喊：打倒地主瞎子！我看见我爹的嘴巴也在动。我在人群里也跟着喊。三姐用手撮了我一下，板着脸说：等一下，我打你个死！

我用眼睛鼓了鼓三姐，转过身，大声喊道：打倒地主婆！打倒地主婆！

人群一下子静了。

许多双眼睛朝我扫过来，好像无数把刀对准了我。我感觉自己就像一根稻草，无比的小。支书洋泥崽怒吼着：是哪个鬼崽子在掏乱？再乱喊，就抓起来！

我吓得直冒汗。因为瞎子的婆娘早就死了，哪来的地主婆呢？三姐像是有人替她报了仇，嘴角露出一丝笑。

天大亮的时候，村里那头跛脚的老骚牯，被人从牛栏里牵出来。老骚牯喘着粗气，扇动耳朵，甩着尾巴，站在人群中央。人群一下子又兴奋起来。下雪意味着过年，过年意味着吃肉。现在，活生生的牛肉就在眼前，就差没有炒熟了。我情不自禁地用舌头舔了一下嘴巴。我看见三姐也在舔嘴巴。

突然，村长蒲来几飞起一脚，重重地踢在瞎子的大腿上。大地主瞎子终于倒地了。人群立刻屏住气。每个人鼻孔里都在蹿白气。我看见支书洋泥崽吐着长长的白气说：我们的老骚牯之所以脚跛，就是因为地主份子在搞鬼！村长蒲来几大声呐喊：打倒地主份子！人群也跟着喊：打倒地主份子！

喊声响彻山坳。以至于牛栏旁边枣树上的一堆白雪哗地落在地上。为了吃牛肉，我和友狗他们几个也喊得格外起劲。

大地主瞎子跪在了老骚牯面前。他闭着眼睛，鼻孔里蹿着白气。支书洋泥崽毫不犹豫地按着瞎子的头，对着老骚牯行了几个大礼。老骚牯像是有所感应，瞪着血红的眼，伸出舌头，在圆圆的嘴唇上绞了一下，又放进去了。

瞎子最后喊着“哎哟”被人推了出去。不过，我们不再关心他，我们在乎的是宰牛。

妇女老人和一些胆小的都开始闪开了。有人搂来一堆粗麻绳，有人扛来了手臂粗的木杠，还有人抱来了黄灿灿的稻草。洋泥崽老婆用篮子提来一把雪亮的长杀猪刀，友狗娘和其他几个妇女则搬来了自家的洗澡盆，可能是用来装牛血。

几个力气大的男人开始在老骚牯的角上和脚上系麻绳。随着洋泥崽的一阵号令，一帮人使了劲，扯起麻绳，扛着木杠，向四处猛拉。

老骚牯轰然倒地。嘴里发出一阵犴叫。

只见洋泥崽提刀过去，对准老骚牯的喉管，就是一刺。血喷得老高，溅得洋泥崽满脸都是。我和友狗他们几个都笑了。洋泥崽用手抹了一下脸，将一撮牛血送进嘴里。我和友狗他们几个不约而同地咽起了口水。也不知道，没煮熟的牛血味道怎么样。

洋泥崽手里的刀抽出来，又刺进去。老骚牯大犴一声，两颗豆大的泪，从眼眶流出来。

我们都觉得可怜。但一想到快过年了，就觉得宰牛原本就是这样，原本就是要大犴一声，原本就是要流几颗大泪。

老骚牯终于死了。它那张毛茸茸的灰皮被完整地剥了下来。开了膛，里面热腾腾的。大家很是兴奋。

站了差不多一个早晨，我三姐那双布鞋也湿透了。我决定回家烤一烤。再说，今晚也不一定能吃到牛肉。

刚进家门，娘就问我：牛宰了吗？

我说:宰了,血喷得有半个人高,已经剖肚了。

娘说:哎,那个瞎子也该死,被人整了一个早晨,回去脚就跛了。

我说:那爹也参加了呢!

娘说:是的,晚上我问一下他,瞎子是不是捆得太紧。

娘又说:牛是该死的,因为它跛了一条脚,但瞎子呢,本来眼睛就瞎了,再跛一条脚,不等于也该死。

我睁大眼睛看娘。娘说:崽呀,以后对任何人都不能凶的,宁可让人,也不可欺人呀,懂吗?

正说着,三姐进来了,她鼓着一双牛眼,见我把她的布鞋穿得湿漉漉的,扬起手,要教训我。我抱着头,准备迎接她的打。

三姐停了手,说:咦!今天真是太阳从西边出来了,你怎么不还手?

我说:我干吗要还手?

我看见娘含着笑出门了。

三姐说:你如果不把我的鞋子洗干净,我还会找你算账的!

乡下表叔

准确地说,我从没按辈分叫过他一句表叔。在这里,称呼他四表叔,全是因为人物关系的需要。我平时对他的叫法是:光子岩。

他是我满爷爷的四儿子,辈分比我高,年龄却小我六岁。满爷爷在我爷兄弟当中是最幸运的,我爷爷属老大,却过早地死于土匪枪下,二爷被抽去当了壮丁,一去不回,音信全无,也不知道死在何方,只有满爷爷能够心安理得守在卧龙镇,娶妻生子,养家糊口。乡下的农耕生活让满爷爷变得越来越实际了,用他的话说:这辈子我吃的苦,数都数不尽,现在条件好了,该吃的就要吃,该穿的就要穿,至于后代嘛,由他们自己去!满爷爷的话一点不假,他养了七个儿女,前两个是儿,后面的全是男女交差。这种生法,让满爷爷伤透了脑筋。照满爷爷的家势,他至少要在他有生之年,为我的表叔们再建两栋房子,可他一栋也不建。他说,我为老大建了房,老二就少不了,老三老四就更加期盼着,干脆,谁也不建,有本事,自己去建。我之所以把这些与四表叔无关的话题都扯出来,是想说明我满爷爷的确是个万年宽的人,这就决定了我四表叔现在的模样。

四表叔的名字让人想到了一块顽固不化的石头。乡下人都把“岩”字念成“ai”,读音上和“呆”字没有太多区别。其实,四表叔生下来时长得不赖,坏就坏在他学走路那年。满奶奶是个好揽闲事的人,只要家门口有脚步声,她准会迈着小脚去看个究竟。满奶奶把正勤于走路的四表叔丢在火炕边,给了四表叔一个痛苦一生的机会:他懵懂无知地爬到了红彤彤的火坑里。等满奶奶发觉时,四表叔已被烤得晕死过去,以至于后来四表叔屁股上留有一大块伤疤,更为严重的是,他右手的掌关节被烧成曲形。

四表叔的名字以及他这番模样,让人为他的后来担忧。满爷爷满奶奶不在乎,四表叔能够活下来,已是相当不错的了。四表叔后来的发育真的成了问题,年龄的增长没有拉长他的身躯,他始终像个小人物。这一点并没有影响我和四表叔的关系。四表叔从小就喜欢和我在一起。我家与满爷共住一栋祖辈留下的老屋,家里一旦有什么好菜,我就会把饭碗端到老屋中堂门口大口大口地吃,这时候,四表叔准会出现在我身边,一边讨好着我,一边偷望着我的碗里。我知道他的用意,于是拣了块小肥肉,说,把手伸出来。四表叔这时就伸出他的小左手,我将肉放在他手心里。他表现得很兴奋,趁我不注意,一口吞了手里的肉,然后又找机会窥视着我的饭碗。遇到这种情况,我的办法是拼命吃菜,等他再一次与我套近时,碗里的肉已经没了。这时,四表叔会咧着他的小嘴说:你也真饿,这么快,就吃完了。

那时候我是个大孩子,知道上山砍柴是我的分内活。我常常在丢下书包的一刹那,就想到了我的柴刀。我的乡下生活大多是以刀为伍。如果说伴的话,那也是四表叔了。四表叔常常在我进山的时候大呼着我的名字,我把头转过来,发现四表叔怀里抱着一把小柴刀在追赶我。不同的季节,山上有不同的野果,我和四表叔在享受野果的同时也会各自表露一番。我那时有副天生的尖嗓子,能够学斑鸠叫:嘟嘟、嘟嘟、嘟嘟话……我的表演结束后,四表叔就会跟上来,别看他像个小人物,却无师自通地学了一手口技,能吹各种口哨,能学牛、羊、狗、鸡以及青蛙等各种动物的叫声。两个人的表演差不多了,我的柴垛却还只有一丁点,而四表叔的柴垛却绰绰有余。这时,四表叔会忙碌着他的左手为我添柴,我却习惯了四表叔这种不用感恩的无私援助。

四表叔的学历不高,只读了三年小学。他九岁才读一年级,第一次去报名,老师问他叫什么,他说叫光子岩。老师想了半天,不好下笔。老师想,他姓杨,如果写“杨光子岩”的话,就有点见笑了,四个字,和日本鬼子差不多,后来就把四表叔的名字写成了“杨光子”,去掉了一个“岩”。四表叔上课时总喜欢搞些恶作剧,不是将鼻涕擤在别人凳子上,就是用笔尖撮前面同学的背,加上四表叔从来都不叫老师,直呼老师的名或者外号,老师们都有点不喜欢他。四表叔觉得读书没什么意思,而满爷爷又是那种态度,于是,我的四表叔小学三年级就辍学了。四表叔成了满爷爷家中热衷于种田的好手。

读高中时,我变得像个城里人。学校在县城郊区,我很少回家,我与四表叔见面的机会就很少。放假偶然回家,遇见四表叔,他总是浓烟滚滚。他学会了抽旱烟。他的喉结也突出来了,说话有点沙哑,像个老男人。我问他为什么不想读书,他的理由很明确:读书当然是个好事,但我不是读书的料,我这个样子还去读什么书呢。我知道他嘴里说的“这个样子”是指他的身躯和手。我想告诉他,读书和长相是没有关系的。可我没说。我不想他误会我的意思。后来,我上了大学,接着又进了银行工作,两三年难得回一次家。进城的乡下人遇见我,打头的一句话就是:你真行,当行长了。我真摸不到头绪,其实我只是行长身边的一个小秘书。我想解释。他们总说,这是光子岩亲口告诉我的。后来,我才知道,我的四表叔光子岩在乡下四处为我显威。我到长沙出差,他就说我调长沙工作了。我去北京帮忙,他就说我快调中央了。

满奶奶去世的时候,我回了一趟老家。四表叔哭得最为伤心,他搂着满奶奶的棺材殴殴大哭,没有言语。哭丧过度的四表叔说起话来更加沙哑。离开老家那天,四表叔追过来几根田埂,他把我扯到一边,说:灰子,你现在当行长了,能不能帮我介绍个对象,现在家里连个煮饭的都没了。

是的,四表叔应该有个女人,他都三十出头了。可我怎样完成四表叔交给我的这个使命呢?

第九辑

寻找父亲

寻找父亲 / 莽山仙遇 /1973 年的病 / 直肠癌

寻找父亲

湖南那边打来电话时,郭子仪正在和人搓麻将。搓了整整一夜,他们准备继续战斗。母亲在电话里呜呜咽咽告诉郭子仪:父亲失踪了。郭子仪似乎早就有这般预感,他的手气一宿也不见好,总是抓风。郭子仪立马推倒了他的麻将牌,说,不来了,我父亲不见了。

父亲是上个星期和母亲一起去的湖南。老家湖南除了有个远房叔伯外,什么亲人也没有。郭子仪一家已经十五年没回湖南了。但自从父亲神经错乱以后,湖南却成了父亲念念有词的话题。父亲常常神经兮兮地拍着行人的肩膀说:我老家湖南浏阳可好呢,人人都会做炮仗,那炮仗可响了。父亲说这番话时,免不了手舞足蹈,他用心比划着炮仗爆炸时的情形:噼哩叭啦——砰喝!

吓得人直拍胸脯。

在武汉,父亲通常由母亲照看着。母亲怕他吓着人,更怕他走失。

父亲回家的思绪在阳春三月里空前高涨。父亲说他必须得回湖南了,因为他的父亲母亲候着他去,等他一起放炮仗:噼哩叭啦——砰喝!噼哩叭啦——砰喝!一家人都支持不住了,决定让父亲在清明节回一趟湖南浏阳。一来是想让他祭拜一下爷爷奶奶的亡灵,二来是了却他一桩心愿。郭子仪自然是没时间随父亲前行,他的鸭脖子店需要他亲自打点,再说,父亲压根儿就讨厌他放着好好的班不上,整天就知道残害鸭们。

2159次列车很准时地将郭子仪拖到了似曾相识的长沙。母亲已在长沙一家招待所里心急如焚地等着他。见了郭子仪，母亲哭得很伤心。郭子仪说，干吗哭成这样，父亲是失踪了，又不是逝世了，我们会把他找回来的。母亲说，那天，我和你父亲在长沙火车站买回武汉的车票，售票厅里人不是很多，我要你父亲站在那儿别动，我去排队买票。车票到手时，你父亲就不见了。我大声叫着你父亲的名字：郭红旗！郭红旗！整个售票大厅都能听到，可就是没有他的回答。走出售票厅，我问遍了广场上所有的行人，他们都说没见过一个戴鸭嘴帽穿黑呢子上衣身高大约一米六八嘴角抖动身材单瘦的六旬老人。

郭子仪说，父亲不会走多远，他肯定就在长沙的某个角落。郭子仪毫不犹豫地买了一辆自行车，他要跑遍长沙的大街小巷。鸭嘴帽黑呢子上衣是郭子仪边骑边考虑的人物特征。五一路、芙蓉路、韶山路、人民路、解放路、八一路、中山路、蔡锷路、东塘、侯家塘、牛婆塘、圭塘、伍家岭、窑岭、树木岭……两天时间里，郭子仪已能准确地把握长沙市的每一根脉脖。

父亲走失时什么也没带，两天的不遇，意味着父亲必将出现生存危机。这时，郭子仪想到了新闻媒体，他先后在湖南《潇湘晨报》、《三湘都市报》、《长沙晚报》、《东方新报》以及湖南卫视、湖南经视、政法频道、公共频道、湖南人民广播电台、湖南交通电台刊播寻人启事。一时间，郭子仪的手机以及他所住的房间电话响个不停。定王台天桥下面躺着一个老人、赤岗冲撞死一个横过马路的老人、湘江河边淹死一个老人……每一条信息都给郭子仪一丝希望和无限悲伤。然而，他们都不是。郭子仪和母亲在长沙城里已经折腾了一个星期，仍不见父亲的踪影。父亲像蒸发了一般。

就在父亲生还的希望变得十分渺小时，浏阳那边传来消息，说有人在山上看见一个戴鸭嘴帽的老人，他行走在乱坟之间，见坟就拜。已经很清楚了，父亲是舍不得他的父母。郭子仪和母亲返回浏阳，雇人上山寻找父亲。半个月下来，不见父亲的踪影。

如今，在湖南浏阳的西街，有人开了一家很出名的鸭脖子店，店名叫

“红旗鸭脖”，开店人就是郭子仪。红旗鸭脖子店除了鸭脖子出名外，还有它的一大经营特色，那就是：每天早、中、晚，鸭脖子店必放鞭炮十分钟。

个中缘由，只有郭子仪和他的母亲知道。

莽山仙遇

当我们的小甲虫触及到莽山裙盖的时候，太阳已滚入山掌之中。天空里的白布缝着蓝蓝的补丁，大小不一，形状各异。风在指挥树们鼓掌的同时，也忘不了整合苍天的色彩与图案。风总是这样热情大方地款待着每一位山外来客。进莽山的路蛇一般地在我眼里扭动，大自然的清静便一步一步爬入我的心底。我分不清哪里是莽山，总之，山中有山，犹如一群原始村民，怀里抱了孩子，招呼着或立或坐或蹲或卧的老人，静视着我们的小甲虫在山野里蹦蹦跳跳。

我们的小甲虫爬到鬼子寨时，老林停了手。他从小甲虫里跳下来，对我说，现在可以赏山了。老林不去，他在小甲虫里播放着娱乐圈里近期唱响的《高原红》。老林给我的约定是三个半小时，以小甲虫发出的嘀嘀嘀为信号。这样，莽山就属于我的了。

鬼子寨的入口很小，路也平坦。徜徉其中，有种钻隧道的感觉。大树小树相互簇拥着，亮出密密麻麻的脚。瘦小的伯乐树偎在高大粗壮的华南桦身旁，藤状的胡颓子弯曲在过道里，显得异常霸道，细叶青冈倒很友爱，三柱合体，样子像鹅掌。上了年纪的老青松干脆把脚盘根错节裸露在我的视线里，使你不得不注意它的存在。树们穿得厚薄不一，有的穿得毛茸茸的，有的则裸了身子，显出黄一块白一块的皮肤来。莽山演绎着树的生与死，劲树从石隙里长出来，昭示着生命的诞生之苦，死去的老树则安详地躺在年轻树怀里，生死与共的情怀使得莽山令人肃敬。阳光被树们撕得不成样子，碎片洒落林间。莽山是鸟的乐园。长翅膀的个个都是歌者。有的在甜甜喊“哥哥”，有的亲昵地叫着“乖乖乖”，不喊不叫的则在林间飞舞，把个莽山弄得喜气洋洋。下了一道道台阶，再拐个弯，便是竹林了。莽山细竹密实如墙，风在这里弹得叽叽叫。顺着小路往前走，溪水声灌入耳中，惭惭明朗。这是一条瘦溪。溪边树枝交错。太阳如灯，光线从林隙射落下来，印在石头上，溪水绕着石子缠绵着，黄石清幽幽地泡在溪水里，溪水在石边翻着一圈圈水纹。

蹲在石头上，俯身捧一把溪水，真想让莽山之泉洗去我城市的疲惫。蓦然，一阵轻盈的脚步声传入耳边，我站起身，环视四周，一切还是那么自然。可是当我再次戏水时，笑声又起。这时，我的眼眸里走进一个纤纤小女，那女子看上去二十光景。小女着一身花边白裙，柳叶眉，樱桃唇，左嘴角露一颗洁白的小虎牙，立在路边，朝我微微欢笑。我沿溪而上，小女显得有丝紧张，我说我是一位摄影记者，独自一人上莽山。小女的椭形脸便烘出一圈红晕。小女无言，仍就微微地笑。好不容易，小女才道出了她的芳名，她叫丁丹，家住莽山。有这样一位漂亮女孩作伴，莽山中的我涌现出一种莫名的幸福。

我说，丁小姐一人进山，不觉得害怕么？丁丹说，我是莽山人，有什么可怕的。说得也是，莽山一草一木，一石一水，看都看不够，有什么可怕的？我跟随着丁丹往前走，一股淡淡的清香扑鼻而来，我觉得自己轻飘了许多。

前方的路愈走愈幽，有种入画的感觉。路上泛了白雾，我看不到丁丹的脚，只觉得她身子在平稳移动，而我却跌跌碰碰的，这就是我们牵手的理由。丁丹给我说起了莽山的过去。她说，从前有位进京赶考的书生过莽山，巧遇一仙女在乌龙潭洗浴。书生侧脸不敢前行。仙女不以为然，在潭水中洗了大半天，几乎是在太阳西下之时，仙女才吭声。仙女要书生将挂在树干上的裙子递过去，并叮嘱书生闭眼走近。书生一闭眼，就看到了他参考的题目，睁开眼时,书生已到了长安。书生一举成名。为官后的书生念念不忘仙女,无数次进莽山觅仙,后来干脆辞了官,只身入莽山,成为莽山中日夜奔走的野夫。野夫的作为感动了玉帝娘娘,玉帝娘娘瞒着玉帝将那仙女下凡进莽山,并施法让莽山一夜之间山中有山,林中有林,把一桩天上人间的婚姻用山和林遮掩得严严实实……

丁丹每次转过身看我,都是露着她那颗小虎牙格格地笑。在一棵叫不出名的藤树下,丁丹姑娘答应和我合影。这是我进莽山的第一张留影。丁丹问起了我的情况,我说,我虽然是城市中人,但我的很多时光是在青山绿水中度过的。丁姑娘表现出一脸的喜悦,她说,前面就是她的家了。远远望去,山对面有间草屋,炊烟袅袅。当我正准备随丁姑娘前行时,老林的呼唤在幽谷里回荡,而且愈来愈近。丁姑娘说,你还有同行?我说,那是司机老林。丁姑娘把手挣了回去,说,你把他也叫来吧,我在这等你就是。我原路返回,碰到气喘喘的老林,他说,都七点了,快回吧。我说,前面有个女孩在等我们呢。老林不信,我领老林走到那儿。左呼右唤,不见丁丹。

幽谷。流水。石柱。石树。一群小鸟飞越谷间,一切都显得那么肃静。

老林说,你碰鬼了。我狠狠地盯了老林一眼,把两只手窝成喇叭套在嘴巴上,喊:丁——丹——丁——丹——满山遍野的丁丹在回响。

老林的手掌重重地击着我的背部,说,嗨,天黑了,快回去吧。

夜色茫茫。

1973年的病

1973年,我读小学二年级。

学校就在大队礼堂后面,离我们村大约有五华里,走这五华里山路谁都会冒一身汗。我们村其实是个很小的生产队,住户不多,读书的娃儿少。和我同年级的只有水狗和宽宽,其余几个都是去公社读初中的大哥哥。大哥哥上学虽然要经过我们学校,但他们从来不愿和我们一块走,他们嫌我们走路慢。因此说,水狗和宽宽是我小学时最重要的一对伙伴。

那天,我约宽宽上学,宽宽正挂着眼泪躲在门角边扯衣襟,宽宽娘在房里哭,宽宽的父亲青着脸在屋里走来走去,而且把家里的东西甩得当当响。我约宽宽走,宽宽扁着嘴巴哭了起来。宽宽的父亲说:他不读了,你去吧。我不知道宽宽家到底出了什么事,反正宽宽是去不成了。水狗也不在,水狗的外婆死了,他跟娘上外婆家吃豆腐去了。读初中的几个大哥哥也早已走了。

今天就我一人上学。这是多么不幸的事啊。

我背着书包在村子里串行着。我看见冲冲、卷毛和本子正在卷毛家捶茶油饼,他们准备药鱼。冲冲的鼻孔里躺着两条肥大的黄鼻涕,呼进呼出,冲冲说:前天我看见青木潭的鱼有三手指大,今天我要它们全部见阎王!青木潭是我经常光临的地方,在古浪溪的源头,我曾经在那弄了不少鱼。自从背了书包,那儿的鱼我就很少见了。走着走着,我也铁了心:今天我也不上学了！

我苦着脸回家。

怎么今天还不去？会迟到的！父亲说。父亲正在猪圈里掏猪粪。

我说：我不去。

为什么？父亲放下手中的耙，从猪圈里走出来。

我说：肚子痛。

父亲把我拉过去，我顺势坐在父亲的膝盖上。父亲的手掌钻进我的怀里，贴着我的肚皮摸来摸去。父亲一边摸一边问：哪儿痛？

我丧着脸带了哭腔，说：不是——也不是——是这儿——哎哟……

父亲自言自语道：早上还好好的，怎么一下子就肚子痛了呢。

父亲的疑问让我不得不呻吟下去。我搂着肚子像虾一样卷在床上。母亲的心情也变得沉重起来，她在床头转来转去，叹息声声。母亲几次问我想不想吃鸡蛋。那时候，鸡蛋可是再好不过的东西了。我也不说话，只管哎哟哎哟地叫。我并不是想吃鸡蛋，我想青木潭的鱼！

母亲要妹妹上桂英娘家借鸡蛋，妹妹很不情愿，妹妹说：想吃鸡蛋，就会装！要是往常，我会给妹妹一巴掌，可今天不行，我只好把哎哟声喊重点。母亲对妹妹说：不许你乱讲，快去！

大人不在时，我在床上一边呻吟一边策划：吃完鸡蛋，再呻吟半个小时，然后就说肚子不痛了，再然后就去青木潭捞鱼，连宽宽也不叫，一个人去！

事情的结果是我始料不及的。没等妹妹把鸡蛋借回来，父亲已经把我背出了家门。他要背我去大队赤脚医生黑马那儿打针！今天真是糟透了，我最怕打针，更何况我肚子好好的，一针下去，不痛也痛了。可我没办法，我只能继续呻吟下去，至少是现在。

我在父亲背上闭着眼睛轻吟着，阳光刺激着我的眼缝，我觉得到父亲已经下完了狗斗坡，该爬杉木坳了。我说：我现在不痛了，我想下来走。父亲说：那怎么行呢？父亲立住脚，用力将我往上耸了一下，我的身体在父亲背上向上移了一节，我的屁股被父亲那双大手牢牢地兜住。父亲的脖子上已经流了汗。我说:我现在真的不痛了,我自己下来走。父亲当着没听见,扑哧扑哧往上爬。父亲的喘气声越来越重。父亲说:帮我擦把汗。我用衣袖在父亲脸上抹了抹。

快进大队的时候,我死活要自己走。赤脚医生黑马的家在胡家,与我们学校面对面。在分岔路口,我朝学校方向走。

父亲说:你去哪?

我说:上学。

父亲说:先到黑马那儿打一针。

我说:我现在不痛了,一点也不痛。

父亲说:真的?

我说:真的,骗你是猪!

父亲说:你书都没有,怎么读书?

这时,我看见父亲从怀里掏出两本书,一本是我的《算术》,一本是我的《语文》。父亲说:放学的时候,我到杉木坳来接你。

父亲从来没读过书,但是他把我读书当成他的骄傲。后来,我成了村里唯一的大学生,而启蒙老师却是我一字不识的父亲。

许多年后,母亲提起我那场病,父亲笑道:他哪儿有病,他患的是逃学病,是村里的鬼崽子所患的一种通病。

父亲的话湿润了我的双眼。

直 肠 癌

老爹不老。在枫木山，比老爹老的还有卷娃太太和崩子狗。可是，老爹自从挨了那一刀后，就完全老了。原先饱满的脸庞，如今像刀削一般；眼眶也异常可怕地陷了进去，眼珠子突得老高，像个山顶洞人。

枫木山就那么个小村子，十几户人家零零星星坐落在山腰上。掐着指头算一算，呆在村子里的不到十人。若不是这场病，老爹也不会整天蜷在家里。

老爹是个唢呐手，呜哩哇呜哩哇地吹上一阵，很能鼓舞人，又很能让人落泪。方圆几十里，哪家出了丧事，准会把他请过去。枫木山人把老爹这种活叫“行香火”。去年花开时节，老爹在王屋村行香火时，突然感到肚子出奇地胀，上了无数次茅坑，就是拉不出东西来。开头还以为是吃豆腐（丧饭）坏了肚子，回来数天后，都是这样，而且越来越胀，越来越难受。在茅坑里蹲上个把小时，只能排出一点点血水。没办法，上城里医院检查，才知道这病百般地伤人：晚期肠癌。

老爹在医院呆了十来天，就吵着要出院。回到枫木山，四处访信，办弄草药。各种方子都吃了，时好时坏。感觉好的时候，老爹照样背着他的唢呐去邻村行香火。这是老爹在乡下挣副业的独门手艺。自打老婶去世后，老爹就一直没娶。等把一对儿女拉扯大了，他又没了娶的心思。许多热心媒人给他说事，他总是眯着荷包眼笑。说多了，他就回一句：都做爷爷了，还玩那个快活！老爹把再婚说成是玩快活。媒人若要再说，他就把唢呐从墙板上取下来，呜哩哇呜哩哇地一阵猛吹，吹得说事人摇头而去。

要命的病再次将老爹逼进医院，那是半年后的事。万般无奈地在医院里挨了一刀，割去大节肠子。医生要老爹做化疗。老爹死活不肯。老爹说做鬼也要做个有头发的鬼，不想让自己变得和尚不像和尚，道士不像道士。再次回到枫木山，老爹仍给自己整药吃，漫山遍野挖树根，寻野草，拿回家，洗干净，熬水喝。自我感觉良好。还多次出现在乡间丧事的道场上，鼓着腮帮子，呜哩哇呜哩哇地吹得荡气回肠。以至于邻村一些死马当着活马医的癌症患者，主动找上门，向老爹讨方子。

但是，老爹的土方子，终究没能让他继续活跃在乡间道场上。这天，有人请他出门行香火。他刚出门，就觉得体力不支。老爹以没带唢呐哨子为由，谢绝了那趟活计。回到家，老爹瘫倒在床头，豆大的汗滴从额头渗出来。村里的崩子狗和卷娃太太来窜门，见他这幅模样，吓得全身打颤。两个人唠唠叨叨要通知老爹那个在城里拉板车的儿子。老爹坚决不许。两个乡下老人依照老爹的吩咐，帮着熬土药。喝下去几大碗，感觉似乎又好些。为了不让两个孤独的同伴察觉到自己的不适，老爹强打着精神，吹起了欢快的唢呐，曲子是乡下人最爱听的《我在山上打一望》。崩子狗和卷娃太太听了，都说好，都说这是他老爹吹唢呐以来吹得最好听的一回。

枫木山的夜，死一般地静。老爹擦了把汗，仿佛又觉得自己好了许多。环视山村，零零星星的灯光，忽闪忽闪，像鬼火。要是往常，这样的山村是相当热闹的，可以听到有人深更半夜里骂人，可以闻到有人黑灯瞎火在炒菜，远远地，可以听到锅子里热油吃菜的声音，“呲——”，然后就是咣当咣当的锅铲声。可是，那样的乡村生活已经成了过去，再也唤不回了。现在，只要手脚稍微麻利的人，都进了城。拖板车的，倒小菜的，卖水果的，搞搬运的，擦皮鞋的，给人洗脚的，样样都有。好像进了城，都像进了天堂，都活得有滋有味，都觉得早该离开这个爬得满头大汗的枫木山。鬼崽子们也少了，不管读书的不读书的，都跟着他们的娘老子离开了枫木山。乡间一旦没了那帮鬼崽子，就没了生气，即使那帮鬼崽子在乡下闹一闹，哭一哭，也是让人欣慰的事。回来的人，似乎一年比一年少。即便是过年，有的人也只是象征性地住上一两晚，然后一窝蜂地出去了；有的人干脆就不回来，连祭祖这样的大事，也都委托别人走走过场……老爹依依不舍地环视了一番枫木山的夜景，依旧是黑灯瞎火，仿佛比先前黑了许多。夜空里传来了空旷的狗叫声。一定是有人在哪家门前走过。

老爹再次来到茅坑。他艰难地往外排泄。他多么希望有那么一节指头大的粪便从自己的体内排出来。他几乎用尽了全部力气，希望看到自己渴望看到的那一幕。可是，他依旧徒劳无功。肚子胀得要命。老爹隐隐觉得，是自己该行动的时候了。而且，越快越好。

第二天，老爹使出全身力气，爬上了去集镇赶集的小三轮。老爹坐在三轮车上默默地估算着自己死的那一天，该有多少人来吃丧饭。他已经数过家里的碗筷，数目还差得远。他今天赶这个集，就是要备齐吃丧饭所需的全部碗筷。乡下人吃丧饭，是绝对不能借别人家的碗筷的。

趁自己还能走动，该去看一看离开他十五年的老伴了。蹲了半个多小时的茅坑，老爹就背上那把心爱的唢呐，拄了拐棍，爬到那个山坳上。老爹刚坐在老伴坟头，一阵凉风吹过，把坟上的杂草吹得哗哗响。仿佛是老伴等候着他的到来。老爹对那个坟头说，今天我来看你了，想跟你说说我们的儿女。他们都成家了，都有自己的娃儿了。儿子在城里拉板车，每天都能碰上一点生意，要是运气好的话，一个月下来，还能挣两千多块。女儿在城里一家洗脚房上班，虽是给人家洗脚，但她也是靠自己的劳动挣钱，不像有些乡下女孩子，一进城，就乱来，真把乡下人的脸丢尽了。老爹扯了一把坟头草说，不知道你在那边还好么，也一年多没给我托梦了，肯定过得不怎么样吧？我想，这个月我可能会过来了，你最好也给我托一个梦，告诉我到什么地方找你。老爹用刀子在老伴坟上割倒一大片杂草，然后坐下来，对着坟堂吹起了那支《我在山上打一望》。欢快的唢呐声，飘荡在山间。听者心情舒畅，吹者却泪流满面。

老爹下山的时候，村里的卷娃太太在屋门口说，清毛呀，好些没有？老爹说，好多了。卷娃太太兴奋地说，过来打牌么？这里还有崩子狗呢。老爹说，过两天吧。两个孤单的老人都很高兴，卷娃太太说，过两天我们下来喊你，好么？老爹用尽气力说，好的，好的。

第二天，卷娃太太和崩子狗想下去叫老爹打牌，但他们却看见老爹扛了锄头在山道上挖。卷娃太太说，清毛呀，你在挖什么？老爹说，这路不好走，我修一修。卷娃太太本想叫老爹打牌，话刚到嘴边，又咽了回去。一连几天，老爹都扛着锄头在山道里修路，有的地方还砌了石块，有的地方则系了绳索。一心想打牌的卷娃太太看到这情形，十分惊讶地说，清毛，你这是干什么？老爹模模糊糊地说，修一下，好走一点儿。崩子狗替卷娃太太说，还有多久？不打牌了吗？老爹说，今天再弄一天，就差不多了。

这天上午，崩子狗拖着卷娃太太的手，早早来到老爹家。两人还没跨进老爹家门，就朝屋里喊：清毛，清毛呀！没有老爹的声音。又使劲喊。微微听见老爹的应声。两个人顺着声音，终于在茅坑旁边的棺材里发现了老爹。他们两个大吃一惊，说，清毛，你这是干什么？老爹从棺材里坐了起来，笑着说，睡一会儿。卷娃太太神情紧张地说，怎么睡到这里来了？你不是好了么？老爹说，我想试试这千年屋好不好住。崩子狗说，你不打牌了？老爹说，打，我说了要陪你们打的。

两个人于是扶着老爹出了棺木，来到中堂。崩子狗从裤袋里摸出跑胡牌，说，打好大的？老爹惨着脸说，随便你俩。卷娃太太似乎看到了老爹额头上的汗滴，他说，你出汗了，你没事吧？老爹说，没事的，刚在里面睡了一会儿，有点热。

抓了几张牌，老爹说，你们两个来得正好，我有事要对你们说。崩子狗鼓着眼珠说，什么事？抓牌呀！老爹满头大汗地说，如果我哪天不行了，我就吹唢呐，你们一听到我吹唢呐，就赶紧帮我打电话通知我家福贵和金花。崩子狗说，好的，你抓牌吧，你今天不会有事吧？老爹抓了几张牌，又说，我已经把办丧事的碗筷都买好了，就放在床底下，一共 48 个碗，52 双筷子，我屋里还有12个碗，8双筷子，可以够60个人用，抬丧的算24人，两班倒，还有36人算是吃豆腐的，足够了。卷娃太太眼睁睁地望着老爹，说，清毛，你没事吧？老爹用衣袖抹了一把汗，说，没事。然后又去抓牌。刚抓上几张，又说，我死后，就埋在八坡垅，和我那个死鬼在一起。崩子狗顺着老爹的目光，把头侧了一下，什么也没看见。崩子狗说，你还打不打牌？老爹微笑着说，打，怎么不打呢？于是又去抓牌。抓上一张后，又说，考虑到从这里到八坡垅的路不是很好走，我特地把路修整了一下，路面窄的地方，被我挖开了，而且垫了石块，坡陡的地方，我在两边都系了绳索，抬丧的人可以抓着绳索往上移。对了，请你们两个一定要帮我提醒那帮抬丧人，千万不要在路上玩热闹，我家福贵个子小，又没多少积蓄，折腾不起这种游戏。卷娃太太说，清毛，你现在不是好好的，干吗总想到死呢？老爹又抓了一张牌，抬头平视着对面的山头，放慢节奏说，假如我真的去了，我什么都不要，我只想要一个好茅厕，像城里那号坐着屙的……卷娃太太甩了牌，用手在老爹额头上一阵摸索，说，清毛，你还挺得过去吗？老爹两眼死死盯着对面的山头，不说话。很久，只听见老爹用微弱的声音呼唤着：福——贵、金——花——

卷娃太太扯掉老爹手里的牌，和崩子狗一起，艰难地将老爹移到床上。老爹不能说话了。两滴眼泪从眼角渗出来。卷娃太太喊了几声“清毛”，老爹睁着眼没一丝回应。卷娃太太用手去抹老爹那两滴眼泪，发现老爹两眼干睁着，眼皮子合不下来。卷娃太太转过身，对崩子狗说，不好了，清毛他已经去了，你赶紧下去打电话，要他儿女回来！

崩子狗丢下牌，飞快似地朝山下跑。